A ENTREGA

A marca FSC® é a garantia de que a madeira utilizada na fabricação do papel deste livro provém de florestas que foram gerenciadas de maneira ambientalmente correta, socialmente justa e economicamente viável, além de outras fontes de origem controlada.

DENNIS LEHANE
A ENTREGA

Tradução
Luciano Vieira Machado

COMPANHIA DAS LETRAS

Copyright © 2014 by Dennis Lehane
Copyright © 2014 by Twentieth Century Fox Film Corporation.
THE DROP™ & Twentieth Century Fox Film Corporation.

Copyright da tradução brasileira © 2015 by Companhia das Letras.
Todos os direitos reservados.

Tradução publicada mediante acordo com William Morrow,
um selo editorial de HarperCollins Publishers.

*Grafia atualizada segundo o Acordo Ortográfico da Língua
Portuguesa de 1990, que entrou em vigor no Brasil em 2009.*

Título original
The Drop

Projeto gráfico
Alceu Chiesorin Nunes
Bruno Romão

Capa
Claudia Espínola de Carvalho

Foto de capa
James Forsyth/ Getty Images

Preparação
Camila von Holdefer

Revisão
Ana Maria Barbosa
Adriana Bairrada

Dados Internacionais de Catalogação na Publicação (CIP)
(Câmara Brasileira do Livro, SP, Brasil)

> Lehane, Dennis
> A entrega / Dennis Lehane ; tradução Luciano Vieira
> Machado — 1ª ed. — São Paulo : Companhia das Letras,
> 2015.
>
> Título original: The Drop.
> ISBN 978-85-359-2564-7
>
> 1. Ficção norte-americana I. Título.

15-04087	CDD-813

Índice para catálogo sistemático:
1. Ficção : Literatura norte-americana   813

[2015]
Todos os direitos desta edição reservados à
EDITORA SCHWARCZ S.A.
Rua Bandeira Paulista, 702, cj. 32
04532-002 — São Paulo — SP
Telefone: (11) 3707-3500
Fax: (11) 3707-3501
www.companhiadasletras.com.br
www.blogdacompanhia.com.br

Para Tom e Sarah
Então, nasceu uma história de amor

Enquanto isso,
"Ovelha negra, ovelha negra!", gritamos
Nos recessos do redil;
E talvez eles ouçam, e se perguntem por quê,
E se espantem, lá fora, no frio.

Richard Burton, *Black Sheep*

1. Resgate de animal

BOB ENCONTROU O CÃO DOIS dias depois do Natal, estando a vizinhança silenciosa, entregue ao frio, à ressaca, e saturada de gás. Estava voltando de seu turno normal das quatro às duas no bar Cousin Marv's nos Flats. Ele trabalhara, na maior parte das duas últimas décadas, atrás do balcão. Naquela noite, o bar estava muito tranquilo. Millie estava no banco de canto de sempre, bebericando um coquetel Tom Collins, e vez por outra murmurando para si mesma ou fingindo assistir à televisão, qualquer coisa que a impedisse de voltar para a casa de repouso em Edson Green. O próprio Cousin Marv apareceu e ficou por ali. Afirmou estar conferindo o faturamento, mas a maior parte do tempo se deixava ficar num reservado do canto no fundo da sala, lendo informações sobre corridas de cavalos e digitando mensagens para sua irmã, Dottie.

Provavelmente eles teriam fechado mais cedo se os amigos de Richie Whelan não tivessem ocupado o lado oposto ao de Millie e passado a noite erguendo brindes ao seu amigo, há muito desaparecido e dado por morto.

Dez anos antes, Richie Whelan saíra do Cousin Marv's para descolar alguma erva ou outras drogas (o que era assunto de discussão entre seus amigos) e nunca mais fora visto. Deixara para trás uma namorada, um filho que ele nunca vira e que vivia com sua mãe em New Hampshire, e um carro na oficina, à espera de um novo aerofólio. Por isso é que todos tinham certeza de que ele morrera; Richie nunca teria largado o carro para trás; ele adorava a porra daquele carro.

Pouquíssimas pessoas chamavam Richie Whelan por seu nome de batismo. Todos o conheciam como Glory Days pelo fato de ele nunca deixar de falar sobre o ano em que jogara como atacante pelo East Buckingham High. Ele os levou a um sete a seis naquele ano, o que dificilmente seria digno de manchetes até o momento em que a gente examinasse seu desempenho antes e dali por diante.

Então lá estavam os companheiros do há muito desaparecido e dado como morto Glory Days no Cousin Marv's Bar naquela noite — Sully, Donnie, Paul, Stevie, Sean e Jimmy — olhando os Celts arrastado pra cima e pra baixo pela equipe Heat. Bob trouxe, sem que eles tivessem pedido, sua quinta rodada no bar, quando algo aconteceu no jogo que fez todos erguerem as mãos para o alto e gemer ou gritar.

"Porra, vocês são *velhos* demais!", gritou Sean para a tela.

Paul disse: "Eles não são tão velhos assim".

"Rondo acabou de bloquear LeBron com a porra do seu andador", disse Sean. "Porra, qual é o nome daquele ali, Bogans? Ele arrumou um contrato para fazer publicidade de roupas de baixo."

Bob deixou seus drinques diante de Jimmy, o motorista do ônibus escolar.

"Você tem alguma opinião sobre isso?", perguntou Jimmy.

Bob sentiu o rosto corar, como sempre acontecia quando alguém olhava diretamente para ele, obrigando-o a olhar diretamente também. "Eu não acompanho basquete."

Sully, que trabalhava num posto de pedágio no Pike, disse: "Não sei de nada que você acompanhe, Bob. Você gosta de ler? Assiste a *The Bachelorette*? Persegue os sem-teto?".

Todos os rapazes riram, e Bob deu-lhes um sorriso de desculpas.

"Os drinques são por conta da casa", disse ele.

Ele foi andando, deixando de ouvir a conversa que o seguia.

Paul disse: "Vi umas garotas — até que bem gostosas — tentarem conversar com esse cara, e não conseguiram nada".

"Talvez ele goste de homens", disse Sully.

"O cara não está a fim de nada."

Sean lembrou-se de seus bons modos, ergueu o copo em direção a Bob, depois a Cousin Marv. "Obrigado, rapazes."

Marv, agora atrás do balcão, estendeu o jornal diante de si, sorriu, ergueu um copo em sinal de agradecimento e voltou a ler.

Os outros rapazes pegaram seus drinques e os levantaram.

Sean disse: "Alguém vai dizer alguma coisa em honra do rapaz?".

Sully disse: "A Richie 'Glory Days' Whelan, destaque de East Bucky de 92, e um sujeito engraçado. Descanse em paz".

Os outros rapazes murmuraram sua aprovação e beberam, e Marv foi até Bob enquanto este colocava os copos sujos na pia. Marv dobrou o jornal e olhou para os rapazes no outro lado do bar.

"Você pagou uma rodada para eles?", perguntou ele a Bob.

"Eles estão homenageando um amigo falecido."

"O cara já está morto *há* quanto tempo? Dez anos?", disse Marv dando de ombros, metido no casaco que usava sempre, um casaco que estava em moda quando os aviões atingiram as torres em Nova York e que tinha saído de moda quando elas desmoronaram. "Não faça coisas sem sentido, pare de dar drinques de graça em homenagem ao defunto."

Bob enxaguou um copo antes de colocá-lo na lava-louças e não disse nada.

Cousin Marv pôs suas luvas e cachecol, olhou para Millie, na outra ponta do balcão. "Por falar nisso, não podemos deixá-la ocupar um banco a noite inteira e depois não pagar o que bebeu."

Bob pôs mais um copo na prateleira de cima. "Ela não bebe muito."

Marv interveio. "Qual foi a última vez que você cobrou dela?

E depois da meia-noite você a deixa fumar aqui — não pense que não sei. Aqui não é uma sopa dos pobres, é um bar. Esta noite ela paga a conta, ou então só poderá voltar quando pagar."

Bob olhou para ele e falou baixo: "A conta dela é uns cem paus".

"Na verdade, cento e quarenta." Marv foi saindo do bar e parou na porta. Ele apontou para todas as decorações das festas nas janelas e acima do balcão. "Ah, e Bob? Tire essas merdas de enfeites de Natal. Já estamos no dia vinte e sete."

Bob disse: "E a epifania do Senhor?".

Marv fitou-o por um momento. "Não faço ideia", disse ele, e foi embora.

Quando o jogo do Celtics começou a lembrar um parente distante e moribundo na cama, os amigos de Richie Whelan se foram, deixando apenas a velha Millie e Bob.

Millie deixou escapar uma tosse de fumante interminável e cheia de catarro, enquanto Bob manejava a vassoura. Millie continuou a tossir. No instante em que ela parecia sufocar até a morte, parou de repente.

Bob levantou a vassoura perto dela. "Você está bem?"

Millie fez um gesto dispensando-o. "Estou bem. Quero mais um."

Bob deu a volta ao balcão. Ele não conseguia encará-la, então olhou para a borracha vermelha que revestia o piso. "Tenho de cobrar de você. Sinto muito. E, sabe, Mill?" Bob sentia como se fosse dar um tiro na porra da cabeça; naquele momento, ele se sentia muito embaraçado por pertencer à raça humana. "Tenho que cobrar a conta."

"Oh."

Bob não olhou para ela diretamente. "Sim."

Millie se ocupou com a bolsa de ginástica que todas as noites trazia consigo. "Claro, claro. Você tem de tocar o negócio. Claro."

A bolsa de ginástica era velha, o logotipo da lateral desbotado. Ela a vasculhou e pôs uma nota de um dólar e sessenta e dois centavos em moedas no balcão. Remexeu um pouco mais e voltou com a velha moldura de uma foto, sem nenhuma foto. Ela a colocou no balcão.

"Isso é prata de lei da Water Street Jewelers", disse Millie. "Robert Kennedy comprou lá um relógio de pulso para sua mulher, Ethel. Vale um bom dinheiro."

"Você não tem uma foto na moldura?"

Millie olhou para o relógio acima do balcão. "Ela desbotou."

"Era uma foto sua?", perguntou Bob.

Millie fez que sim. "E das crianças."

Ela olhou novamente para a bolsa e vasculhou mais um pouco. Bob colocou um cinzeiro na frente dela. Ela levantou os olhos para ele. Ele queria acariciar sua mão — um gesto de encorajamento, tipo você-não-está-totalmente-sozinha —, mas gestos como aquele era melhor deixar para outras pessoas, pessoas dos filmes, talvez. Sempre que Bob tentava algo pessoal como aquilo, a coisa se mostrava canhestra.

Então ele se voltou e preparou-lhe mais um drinque.

Trouxe o drinque para ela, pegou o dólar do balcão e voltou-se novamente para a registradora.

Millie disse: "Não, pegue o...".

Bob olhou por cima do ombro. "Isso vai cobrir a conta."

Bob comprava suas roupas na Target — camisetas novas, jeans e roupas de flanela a cada dois anos. Ele tinha um Chevy Impala desde que seu pai lhe dera as chaves em 1983, e o velocímetro com hodômetro ainda não chegara aos cem quilômetros, porque ele nunca ia de carro para lugar nenhum; sua casa já estava paga, os impostos prediais eram uma ninharia porque, merda, quem iria querer morar ali? Por isso, se havia uma coisa que Bob tinha e que poucos imaginariam era uma renda de que poderia dispor. Ele pôs a nota de um dólar na gaveta, meteu a mão no bolso, tirou um maço de notas, colocou-o diante de si, tirou sete notas de vinte e enfiou-as na gaveta.

Quando se virou para trás, Millie tinha recolocado o trocado e a moldura na bolsa de ginástica.

Millie bebeu; Bob terminou seu trabalho de limpeza e deu a

volta no balcão enquanto ela fazia tilintar os cubos de gelo no copo.

"Você já ouviu falar no Dia de Reis?", ele perguntou.

"Claro", disse ela. "Seis de janeiro."

"Ninguém mais se lembra disso."

"No meu tempo tinha seu significado", disse ela.

"No do meu velho também."

A voz dela adquiriu o tom de uma piedade perturbada. "Mas não no seu."

"No meu, não", concordou Bob, e sentiu um pássaro preso esvoaçar em seu peito, desamparado, procurando uma saída.

Millie deu um trago fundo no cigarro e exalou a fumaça com prazer. Ela tossiu um pouco mais, expeliu mais fumaça, colocou seu casaco de inverno puído e se dirigiu à porta. Bob a abriu para uma leve nevasca.

"'Noite, Bob."

"Atenção aí fora", disse Bob. "Cuidado com o gelo."

NAQUELE ANO, NO DIA VINTE E OITO, era dia de descartar o lixo em sua área dos Flats, e as pessoas há muito tempo tinham posto seus latões no meio-fio para a coleta da manhã. Bob avançava penosamente pelas calçadas, indo para casa, observando, com uma mescla de divertimento e desespero, o que as pessoas tinham jogado fora. Tantos brinquedos que logo tinham se quebrado. Tantas coisas descartadas que funcionavam perfeitamente, mas que foram fadadas à substituição. Torradeiras, TVs, micro-ondas, equipamentos de som, roupas, carros e aviões movidos por controle remoto e caminhões gigantescos que não precisavam mais que um pouco de cola aqui, uma fita adesiva ali. E não é que seus vizinhos fossem ricos. Bob não seria capaz de contar quantas brigas domésticas por causa de dinheiro o mantiveram acordado durante a noite, perdera a conta de todos os rostos que sobem no metrô de manhã dominados pela aflição, levando nos punhos crispados e suados folhas com Pedido de Ajuda. Ele ficava atrás deles na fila do Cottage Market enquanto manuseavam seus vales de alimentação; e no banco, quando sacavam seus cheques de auxílio do governo. Alguns tinham dois empregos, alguns só conseguiam pagar seus aluguéis graças ao auxílio-moradia, e outros cismavam sobre a aflição de suas vidas no Cousin Marv's, olhos perdidos na distância, dedos crispados nas asas de suas canecas.

Não obstante, eles compravam. Eles construíam cadafalsos de dívidas, e no momento em que a pilha iria desabar com o próprio peso, compravam um jogo de sala de estar pelo sistema de prestações antecipadas, e jogavam a nova dívida no topo da pilha. E como eles precisavam comprar, pareciam ter necessidade de descartar os bens na mesma medida. Havia uma quase violenta dependência nas pilhas de lixo que ele via, a sensação de jogar fora comida que, para começar, não deveria ser comida.

Bob — excluído até desse ritual por seu temperamento de solitário, sua inabilidade de atrair qualquer um que parecesse interessado nele além de cinco minutos de conversa sobre o assunto do dia — às vezes nessas caminhadas caía no pecado do orgulho, orgulho não pelo fato de não precisar comprar o que a TV, o rádio, os cartazes, as revistas e os jornais mandavam que se comprasse. Aquilo não o aproximava do que ele desejava, porque tudo o que queria era não estar sozinho, mas sabia que não havia meios de livrar-se disso.

Ele morava sozinho na casa onde crescera, e quando ela parecia engoli-lo com seus cheiros, lembranças e sofá escuros, as tentativas que fez para fugir daquilo — por meio de atividades na igreja, piqueniques em clubes de campo e um horroroso serviço de promoção de encontros — só conseguiram abrir a ferida ainda mais, obrigando-o a tentar curá-la durante semanas, amaldiçoando-se por alimentar esperanças. Estúpida esperança, às vezes ele sussurrava para sua sala de estar. Estúpida, estúpida esperança.

Ainda assim, ela vivia nele. Silenciosamente, até desesperançada na maioria das vezes. Esperança desesperançada, às vezes ele pensava e conseguia esboçar um sorriso, e as pessoas no metrô se perguntavam de que diabos Bob estava sorrindo. Estranho e solitário Bob, o bartender. Um sujeito muito legal, com quem se podia contar para tirar a neve da calçada ou pagar uma rodada, um bom sujeito, mas tão tímido que muitas vezes não se podia ouvir o que ele estava dizendo, então as pessoas desistiam, faziam-lhe um polido aceno de cabeça e voltavam-se para outra pessoa.

Bob sabia o que elas diziam, mas não podia censurá-las por isso. Ele era capaz de tomar distância de si o bastante para ver o que elas viam — um fracassado, um perdedor, pouco à vontade em situações sociais, dado a apresentar tiques nervosos, como piscar os olhos demais sem nenhum motivo e inclinar a cabeça em ângulos estranhos quando devaneava, o tipo de fracassado que fazia os outros fracassados se sentirem um pouco mais brilhantes em comparação.

"Você tem tanto amor em seu coração", disse padre Regan a Bob quando ele desandou a chorar durante a confissão. O padre Regan levou-o aos recessos da sacristia, e os dois tomaram uns copos de malte puro que o sacerdote mantinha na prateleira de um closet acima das batinas. "Você tem, Bob. Isso é claro para todo mundo. E não posso deixar de acreditar que alguma boa mulher, uma mulher com fé em Deus, verá esse seu amor e o vai querer para si."

Como falar a um homem de Deus sobre o mundo de um homem? Bob sabia que o padre tinha boas intenções, sabia que, em teoria, ele estava certo. Mas a experiência mostrara a Bob que mulheres viam o amor em seu coração, certo, mas simplesmente preferiam um coração com um estojo mais atraente à sua volta. E o problema não eram as mulheres, era *ele*. Bob ficava inseguro nas proximidades de coisas frágeis. Fazia muitos anos que era assim.

Naquela noite, ele parou na calçada, sentindo o céu tingido acima dele, o frio em seus dedos, e fechou os olhos para proteger-se.

Estava acostumado àquilo. Estava acostumado àquilo. Estava tudo bem.

A gente podia conviver com a situação, contanto que não lutasse contra ela.

Com os olhos fechados, ele o ouviu: um lamento cansado, acompanhado por um distante ruído áspero e outro mais agudo e metálico. Abriu os olhos. Um grande latão de lixo com uma pesada tampa bem encaixada na parte de cima. Quatro metros e meio mais adiante, à direita, na calçada. O latão sacudiu-se um pouco sob o brilho amarelo da lâmpada do poste, o fundo raspando na calçada. Bob ficou parado ao lado do latão, ouviu novamente o ruído áspero, o som de uma criatura que estava prestes a desistir de continuar respirando, e tirou a tampa.

Bob teve que remover algumas coisas para chegar a ele — um micro-ondas sem porta e cinco grossas Páginas Amarelas, a última de 2005, empilhadas em cima de roupas de cama manchadas e travesseiros mofados. O cão — ou muito pequeno ou então um filhote — estava no fundo, e enfiou a cabeça no torso quando a luz o atingiu. Ele emitiu um leve som de lamento e contraiu o corpo ainda mais, os olhos tão fechados que davam a impressão de linhas. Uma coisa esquelética. Bob via suas costelas. Viu também uma grande crosta de sangue seco próximo ao ouvido. Sem coleira. Ele era marrom, focinho branco e patas que pareciam grandes demais para seu corpo.

Ele soltou um gemido mais agudo quando Bob estendeu a mão, enfiou os dedos na parte de cima do pescoço e arrancou-o do próprio excremento. Bob não conhecia cães muito bem, mas não havia dúvidas de que aquele só podia ser um boxer. E, com toda certeza, um filhote, os grandes olhos castanhos abrindo-se e fitando os dele quando Bob o ergueu à sua frente.

Ele teve certeza de que, em algum lugar, duas pessoas faziam amor. Um homem e uma mulher. Enroscados um no outro. Por trás de uma daquelas venezianas, tingidas de laranja pela luz, que olhavam para a rua lá embaixo. Bob sentia que eles estavam ali, nus e felizes. E aqui estava ele no frio com um cão semimorto fitando-o. A calçada gelada brilhava como mármore novo, e o vento era lúgubre e cinzento como neve suja.

"O que você está aprontando aí?"

Bob se voltou e olhou para um lado e para o outro da calçada.

"Eu estou aqui em cima. E você está mexendo no meu lixo."

Ela estava de pé na varanda do prédio de três andares mais próximo dele. Ela ligou a luz da varanda e ficou lá tremendo, os pés descalços. Enfiou a mão no bolso da capa, tirou um maço de cigarros e ficou observando-o enquanto fumava um deles.

"Achei um cão", disse Bob erguendo-o.

"Um *o quê*?"

"Um cão. Um filhote. Um boxer, acho."

Ela tossiu, expelindo um pouco de fumaça. "Quem põe um cachorro num latão de lixo?"

"Eu sei", disse ele. "Certo? Ele está sangrando." Ele avançou um passo em direção à escada, ela recuou.

"Quem você conhece que eu também talvez conheça?" Uma garota da cidade, que não iria simplesmente abrir a guarda diante de um desconhecido.

"Eu não sei", falou Bob. "Que me diz de Francie Hedges?"

Ela sacudiu a cabeça. "Você conhece os Sullivan?"

Isso não iria adiantar muito. Não naquele lugar. Se você balançasse uma árvore, um Sullivan cairia dela. Na maioria das vezes, seguido de mais seis. "Eu conheço um montão deles."

Aquilo não ia levar a nada, o filhote olhando para ele, tremendo mais que a garota.

"Ei", disse ela, "você mora nesta paróquia?"

"Uma mais adiante", disse ele inclinando a cabeça para a esquerda. "São Domingos."

"Frequenta a igreja?"

"Quase todos os domingos."

"Então você conhece o padre Pete?"

"Pete Regan", disse ele. "Claro."

Ela pegou um telefone celular. "Como é seu nome?"

"Bob", disse ele. "Bob Saginowski."

Ela levantou o celular e fotografou-o. Ele nem sabia o que estava acontecendo, do contrário teria pelo menos passado a mão nos cabelos.

Bob esperou enquanto ela se afastava da luz, fone num ouvido, o dedo apertado contra o outro. Ele olhou para o filhote. O filhote olhou para ele como que dizendo: "Como vim parar *aqui*?". Bob tocou-lhe o focinho com o indicador. O filhote piscou seus olhos enormes. Por um instante, Bob não conseguiu lembrar seus pecados.

"Acabei de enviar esta foto", disse ela na escuridão. "Para o padre Pete e mais seis pessoas."

Bob fitou a escuridão e não disse nada.

"Nadia", disse a garota voltando para a luz. "Traga-o aqui para cima, Bob."

ELES O LAVARAM NA pia de Nadia, enxugaram-no e levaram-no para a mesa da cozinha.

Nadia era pequena. Havia uma comprida e nodosa cicatriz na parte inferior de sua garganta. A cicatriz era vermelha-escura, o sorriso de um palhaço de circo bêbado. Nadia tinha um minúsculo rosto em forma de lua, coberto de marcas de varicela, e olhos pequenos, semelhantes a pingentes em forma de coração. Ombros tão indistintos que se prolongavam nos braços. Cotovelos semelhantes a latas de cerveja amassadas. Um cacho amarelo de cabelos de cada lado do rosto oval. "Não é um boxer." Seus olhos desviaram-se do rosto de Bob antes de recolocar o filhote na mesa da cozinha. "É um american staffordshire terrier."

Bob sentiu que devia perceber alguma coisa no tom de voz dela, mas não sabia o que era, por isso ficou calado.

Ela olhou para ele depois que o silêncio se prolongou demais. "Um pit bull."

"É um pit bull?"

Ela fez que sim e limpou o ferimento da cabeça do filhote

novamente. Alguém o espancara, disse ela a Bob. Com certeza fez isso de propósito, achou que estava morto e jogou-o no lixo.

"Por quê?", perguntou Bob.

Ela olhou para ele, os olhos redondos arredondando-se e avolumando-se ainda mais. "Porque sim", disse ela dando de ombros e voltando a examinar o cão. "Já trabalhei no Resgate de Animais. Conhece o local em Shawmut? Trabalhei como técnica veterinária, antes de concluir que aquilo não era para mim. Essa raça é tão difícil..."

"O quê?"

"De ser adotada", disse ela. "É muito difícil arranjar um lar para ela."

"Não sei nada sobre cães. Moro sozinho. Eu simplesmente estava passando pelo latão de lixo." Bob sentiu uma desesperada necessidade de se explicar, expor a sua vida. "Só que eu não..." Ele ouvia o vento lá fora, lúgubre e barulhento. Chuva ou pedrinhas de granizo chocavam-se contra as janelas. Nadia levantou a pata traseira do filhote; as outras eram marrons, mas aquela era branca com manchas cor de pêssego. Ela largou a pata como se fosse contagiosa. Tornou a voltar a atenção para o ferimento da cabeça, olhou mais de perto a orelha direita, em cuja ponta faltava um pedaço, coisa que até então Bob não notara.

"Bem", disse ela. "Ele vai sobreviver. Você vai precisar de uma casinha para cães em forma de gaiola com portinha, além de comida e todo tipo de coisa."

"Não", disse Bob. "Você não está entendendo."

Ela inclinou a cabeça, lançou-lhe um olhar indicando que entendia perfeitamente.

"Não posso. Eu só o achei. Eu ia devolvê-lo."

"Para a pessoa, seja lá quem for, que bateu nele e o deixou aqui, achando que estava morto?"

"Não, não, tipo, às autoridades."

"No caso, é o Resgate de Animais", disse ela. "Depois de dez dias, se ninguém for procurá-lo, eles..."

"E o cara que o espancou? Ele tem uma segunda chance?"

Ela franziu um pouco o cenho e fez que sim com a cabeça.

"*Se* ele não o pegar de volta — ela levantou a orelha do filhote, examinou-a —, o mais provável é que seja oferecido para adoção. Mas é difícil achar um lar para eles. Pit bulls. Na maioria das vezes, sabe?", ela olhou para Bob. "Na maioria das vezes eles são sacrificados."

Bob sentiu uma vaga tristeza que emanava dela, que logo o deixou envergonhado. Ele não sabia de que maneira, mas provocara dor. Ele colocara um pouco dela no mundo. Ele desapontou aquela garota. "Eu...", começou ele. "É só que..."

Ela olhou para ele. "Perdão?"

Bob olhou para o filhote. Seus olhos estavam caídos devido ao longo dia no latão e ao seu espancador. Mas parara de tremer.

"Fique com ele", disse Bob. "Você já trabalhou lá, como disse. Você..."

Ela balançou a cabeça, negando. "Eu nem consigo cuidar de mim mesma." Ela sacudiu a cabeça novamente. "E eu trabalho demais. Nas horas mais incríveis. Imprevisíveis."

"Você pode me dar até domingo de manhã?" Bob não sabia ao certo como as palavras saíram de sua boca, pois não conseguia lembrar-se de tê-las formulado e nem ao menos de tê-las pensado.

A garota olhou para ele com atenção. "Você não está falando por falar? Porque, estou falando sério, se ele ainda estiver aqui ao meio-dia do domingo, vou mandá-lo de volta para a rua."

"Domingo, então", disse Bob com uma convicção que de fato sentia. "Domingo, sem falta."

"Mesmo?"

"Sim", disse Bob sentindo-se fora de seu juízo normal. Ele se sentia leve como uma hóstia. "Sim."

2. Infinito

MESMO ANTES DO NASCIMENTO DE BOB, a missa diária das sete horas na igreja de São Domingos não reunia muita gente. Mas agora a frequência, sempre baixa, minguava mês a mês.

Na manhã seguinte àquela em que achou o cão, ele ouviu, da terceira fileira de bancos, a orla da batina do padre Regan roçar o piso de mármore do altar. As únicas pessoas presentes naquela manhã — uma manhã inclemente, sem dúvida, neve escura cobrindo as ruas, o vento tão frio que quase se podia vê- -lo — eram Bob, a viúva Malone, Theresa Coe, outrora diretora da Escola São Domingos, quando ainda havia uma Escola São Domingos, o velho Williams e o policial de Porto Rico, cujo nome Bob tinha quase certeza de que era Torres.

Torres não parecia ser policial — seus olhos eram bondosos, às vezes até engraçados —, por isso podia ser surpreendente notar o coldre em seu quadril quando ele voltava para o banco depois da comunhão. Bob mesmo nunca comungava, um fato que não passava despercebido ao padre Regan, que por várias vezes tentara convencê-lo de que o mal de não tomar a Eucaristia, se ele de fato estivesse em estado de pecado mortal, era muito pior, na opinião do bom padre, do que o mal que podia advir de partilhar o sacramento. Bob, porém, fora criado como católico da velha escola, na época em que se ouvia muito sobre o Limbo, e mais ainda sobre o Purgatório, nos tempos em que as freiras reinavam com réguas usadas para punição. Então, embora, em termos teológicos, tendesse para a esquerda em muitos dos ensinamentos da Igreja, continuava sendo um tradicionalista.

A São Domingos era uma igreja antiga. Remontava ao final dos anos 1800. Um belo edifício — mogno escuro e mármore não totalmente branco, altas janelas com vitrais dedicados a vários santos de olhos tristes. Era como as igrejas devem ser. As igrejas mais novas — Bob não sabia o que fazer com elas. Os bancos eram muito claros, as claraboias numerosas demais. Ele se sentia como se estivesse lá para comprazer-se de sua vida, e não para refletir sobre os próprios pecados.

Mas numa velha igreja, uma igreja de mogno e mármore e lambris escuros, uma igreja de silenciosa majestade e história implacável, ele podia refletir devidamente sobre suas esperanças e suas transgressões.

Os outros paroquianos formaram fila para receber a hóstia, ao passo que Bob permaneceu ajoelhado em seu banco. Não havia ninguém perto dele. Ele era uma ilha.

O policial Torres estava lá agora, um tipo de boa aparência, com quarenta e poucos anos, já um tanto gordo. Recebeu a hóstia na língua, não nas mãos em concha. Ele também era um tradicionalista.

Torres se voltou, benzeu-se, e seus olhos voltaram-se para Bob, antes de chegar ao seu banco.

"Todos de pé."

Bob benzeu-se e se levantou. Puxou com o pé a almofada de ajoelhar-se e a recolocou no lugar.

O padre Regan levantou a mão acima dos fiéis e fechou os olhos. "Que o Senhor vos abençoe e vos acompanhe em todos os dias de suas vidas. Que Ele faça brilhar Sua face sobre vós e vos seja complacente. Que o Senhor levante Sua face sobre vós e vos dê paz. A missa terminou. Ide em paz para amar e servir ao Senhor. Amém."

Bob saiu de seu banco e foi andando pelo corredor central.

Na pia de água benta, próximo à saída, molhou os dedos e se benzeu. E na pia seguinte, mais adiante, Torres fez o mesmo. Torres saudou-o com um aceno de cabeça, desconhecidos familiares que eram um do outro. Bob retribuiu o aceno, e eles tomaram saídas diferentes, internando-se no frio.

BOB FOI TRABALHAR no bar Cousin Marv's por volta do meio-dia, porque gostava de lá quando tudo estava tranquilo. Agora tinha tempo para pensar sobre o caso do filhote com o qual se defrontava.

A maioria das pessoas chamava Marv de Cousin Marv por uma questão de hábito, algo que remontava à escola primária, embora ninguém pudesse lembrar a razão, mas na verdade Marv era primo de Bob, por parte de mãe.

Cousin Marv liderara um bando nos fins da década de 1980 e começo da de 1990. O bando era composto principalmente por caras que se interessavam por agiotagem, embora Marv nunca menosprezasse nenhuma proposta que redundasse em pagamento, porque acreditava, no mais fundo de sua alma, que os que deixavam de diversificar eram sempre os primeiros a se dobrar quando o vento mudava de direção. Como os dinossauros — ele costumava dizer a Bob — quando os homens das cavernas chegaram e inventaram as flechas. Imagine os homens das cavernas atirando suas flechas, ele costumava dizer, e os tiranossauros chafurdando na lama. Uma tragédia muito fácil de evitar.

A turma de Marv não fora a mais esperta e a mais bem-sucedida que atuara no bairro — nem chegava perto disso —, mas por algum tempo eles foram levando. Outros grupos ficavam em sua cola; porém, salvo por uma notável exceção, eles nunca tendiam à violência. Logo cedo, tiveram de optar por render-se a bandos que eram muito mais fracos que eles ou sair no pau. Eles pegaram a Porta Número Um.

Agora Marv era um receptador de objetos roubados, um dos

melhores da cidade, mas um receptador no mundo deles era como um funcionário dos correios no mundo lá fora — se você continuasse nessa depois dos trinta, não poderia mais fazer outra coisa. Marv apenas arriscava algumas apostas, mas somente para o pai de Chovka e o resto dos chechenos, que eram os verdadeiros donos do bar. Não era exatamente do conhecimento de todos, mas também não era segredo que há anos Cousin Marv já não era o único dono do bar.

Para Bob, era um alívio — ele gostava de ser bartender e odiara aquela vez em que tivera de engrossar. Marv, porém, continuava a esperar que o trem cravejado de diamantes viesse nos trilhos de dezoito quilates e o levasse embora de tudo aquilo. Na maioria das vezes, ele fingia ser feliz. Mas Bob sabia que as coisas que preocupavam Marv eram as mesmas que perturbavam Bob — porcarias que a gente tem de enfrentar. Aquelas coisas riam de você se suas ambições fracassavam por demais; um homem de sucesso podia esconder seu passado, mas um homem malsucedido passava o resto da vida tentando não se deixar afogar no seu.

Naquela tarde, Marv estava um tanto sorumbático, então Bob tentou animá-lo contando-lhe sua aventura com o cachorro. Marv não pareceu muito interessado, mas Bob continuou tentando enquanto espalhava sal para derreter a neve da ruela, e Marv fumava junto à porta dos fundos.

"Faça o possível para espalhar por toda parte", disse Marv. "Só me faltava que um desses cabo-verdianos escorregassem no caminho do latão de lixo."

"Que cabo-verdianos?"

"Os do salão do cabeleireiro."

"Do salão de beleza? Eles são vietnamitas."

"Bem, não quero que eles escorreguem."

Bob disse: "Você conhece Nadia Dunn?".

Marv balançou a cabeça, negando.

"É a que está com o cachorro."

Marv disse: "Lá vem você de novo com o tal cachorro".

Bob disse: "Treinar um cachorro, sabe? Arrombamento? Uma enorme responsabilidade".

Cousin Marv jogou seu cigarro na viela. "Não é como um parente retardado que aparece na sua porta numa cadeira de rodas, com uma bolsa de colostomia, dizendo que agora é seu. É só um cão."

Bob disse: "Sim, mas...", e não conseguiu achar as palavras para exprimir o que sentira desde que tirou o filhote do latão de lixo pela primeira vez e olhou em seus olhos, que pela primeira vez, pelo que se lembrava, ele se sentiu como se estivesse assistindo a um filme de sua própria vida, não simplesmente sentado na última fileira de bancos de um cine-teatro barulhento, vendo o filme.

Cousin Marv bateu em seu ombro, soltando uma nuvem de fumaça, e repetiu para ele mesmo. "É. Um. Cachorro." E então voltou para dentro do bar.

Por volta das três, Anwar, um dos homens de Chovka, entrou pelos fundos para o último registro de apostas. Os homens de Chovka estavam rodando tarde em picapes por toda a cidade, porque o Departamento de Polícia de Boston (BDP) tinha feito uma pequena batida no Clube Social Checheno na noite anterior e pusera na cadeia, por uma noite, metade dos chefes e coletores de apostas. Anwar pegou a bolsa que Marv lhe deu e se serviu de uma Stella. Ele a bebeu de um longo trago enquanto lançava olhares lânguidos a Marv e Bob. Ao terminar, arrotou, colocou a garrafa de volta no balcão e foi embora sem uma palavra, a bolsa de dinheiro debaixo do braço.

"Nenhum respeito." Marv jogou a garrafa no lixo e enxugou o círculo úmido que ela deixara no balcão. "Você notou?"

Bob deu de ombros. Claro que tinha notado, mas o que é que se podia fazer?

"Esse cachorro, certo?", disse ele para desanuviar a atmosfera. "Suas patas são do tamanho da cabeça. Três são marrons, mas uma é branca, com pequenas manchas cor de pêssego sobre o branco. E..."

"Esse troço cozinha?", perguntou Marv. "Limpa a casa? Quer dizer, é uma merda dum cachorro."

"Sim, mas ele..." Bob deixou cair as mãos. Ele não sabia como explicar. "Você sabe aquele sentimento que a gente às vezes tem num dia realmente especial? Como se os Patriots ganhassem um jogo em que você apostou tudo ou quando lhe preparam um bife perfeito ou, ou, quando você simplesmente se sente *bem?* Assim...", Bob sentiu suas mãos acenando novamente, "bem?"

Marv anuiu com um gesto de cabeça e lhe deu um tímido sorriso. E voltou para sua folha de corridas de cavalos.

Bob revezava-se, ora retirando as decorações de Natal, ora trabalhando no balcão, mas o estabelecimento começou a encher depois das cinco, e logo só sobrou tempo para seu trabalho de bartender. Àquela altura, Rardy, o outro bartender, já devia ter aparecido, porém estava atrasado.

Bob serviu por duas vezes bebidas a uma dezena de caras — próximo aos alvos de dardos — que estendiam cabos de fibra ótica em todos os hotéis que se distribuíam no declive que ia até o porto. Ele voltou para os fundos do bar, encontrou Marv encostado num refrigerador de cerveja, lendo o *Herald,* mas os fregueses culpavam Bob pelo atraso, e um de seus parceiros perguntou se ele estava vindo a passos de tartaruga.

Bob deslocou Marv com um cutucão, enfiou a mão no refrigerador e disse que Rardy estava atrasado. Mais uma vez. Bob, que nunca chegara atrasado em sua vida, desconfiava que havia algo de hostil no íntimo de pessoas que sempre se atrasavam.

Marv disse: "Não, ele está aqui", e fez um gesto com a cabeça. Então Bob viu o cara; Rardy tinha uns trinta anos de idade, mas sempre lhe pediam os documentos quando queria entrar num clube. Rardy, passando conversa nos fregueses enquanto avançava por entre a multidão com seu capuz desbotado e seus jeans amarrotados, chapéu de abas reviradas para cima pousado no alto da cabeça, sempre dando a impressão de que estava a caminho de um espetáculo aberto de poesia ou de humor. Bob, porém, já o conhecia havia cinco anos e sabia que Rardy não tinha uma gota de sensibilidade e que era absolutamente incapaz de contar uma piada.

"E aí", disse o garotão quando se pôs atrás do balcão. Ele levou um bom tempo para tirar o blusão. "Os reforços chegaram", disse ele dando um tapinha nas costas de Bob. "Sorte sua, não?"

LÁ FORA, NO FRIO, dois irmãos passaram de carro pelo bar pela terceira vez naquele dia, dando a volta por trás, pela viela, voltando em seguida para a rua principal, onde se afastaram do bar para poder encontrar um estacionamento para cheirar mais umas carreirinhas.

Seus nomes eram Ed e Brian Fitzgerald. Ed era mais velho, corpulento, e todos o chamavam de Fitz. Brian era mais fino que um abaixa-língua, e todos o chamavam de Bri. Salvo quando eram chamados como uma dupla, caso em que as pessoas os denominavam "10", porque era assim que eles pareciam quando do estavam lado a lado.

Fitz trazia as máscaras de esqui no banco de trás e as armas no porta-malas. A pistola ele deixava no console entre os dois bancos. Bri precisava se drogar. Do contrário, nunca se aproximaria de uma porra de uma arma.

Eles acharam um lugar isolado sob a via expressa. Dali podiam ver o Penitentiary Park, coberto de crostas de gelo e restos de neve. De onde estavam, podiam ver até o lugar onde ficava a tela do drive-in. Cerca de um ano antes ela fora rasgada, e lá encontraram uma moça espancada até a morte, provavelmente o mais famoso assassinato do bairro. Fitz fez carreirinhas num quadrado de vidro que tinha tirado de um espelho retrovisor de um ferro-velho. Ele aspirou o primeiro bocado de droga e passou o espelho e a nota de cinco dólares enrolada ao seu irmão.

Bri aspirou sua carreirinha e nem perguntou se podia cheirar a seguinte.

"Eu não sei", disse Bri, que vinha repetindo isso na última semana com tanta frequência que Fitz o estrangularia se ele continuasse com aquilo. "Eu não sei."

Fitz pegou de volta a nota enrolada e o espelho. "Vai ser legal."

"Não", disse Bri. Ele ficou brincando com seu relógio de pulso que parara de funcionar havia um ano. Um presente de despedida de seu pai no dia em que resolvera que não queria mais ser pai. "É uma bosta de ideia. Uma bosta. A gente devia atacá-los com tudo ou não fazer isso de jeito nenhum."

"Meu chefe", explicou Fitz talvez pela quinquagésima vez, "quer ver se podemos lidar com nossa cagada. Diz que a gente faz isso por partes. Para ver como os proprietários reagem de cara."

Os olhos de Bri se arregalaram. "Eles poderiam reagir de um puta jeito ruim, seu louco. É um puta dum bar de gângsteres. Um bar onde rola droga."

Fitz lhe deu um sorriso tenso. "Aí é que está. Se não fosse um bar onde rolasse droga, não valeria o risco."

"Não. Certo?", disse Bri chutando a parte de baixo do porta-luvas. Uma criança com um acesso de raiva. Ele brincou com o relógio novamente, girando a pulseira de forma que o mostrador ficasse voltado para seu punho. "Não, não, não."

Fitz disse: "Não? Irmãozinho, você tem Ashley, as crianças e uma aparência lamentável. Seu carro está com o mesmo tanque de gasolina desde o Dia de Ação de Graças, e a porra do seu relógio continua sem funcionar". Inclinou-se no carro até sua cabeça tocar na cabeça de seu irmão mais novo. Ele lhe pôs a mão na nuca. "Diga 'não' mais uma vez."

Mas naturalmente ele não disse. Em vez disso, cheirou outra carreirinha.

ERA UMA GRANDE noite, um monte de caras e montes de apostas correndo soltas. Bob e Rardy lidavam com os primeiros. Marv cuidava dos chatos dos apostadores — sempre um tanto aturdidos — e colocava as apostas na fenda do gabinete sob a registradora. A certa altura, ele desapareceu nos fundos para somar tudo e voltou depois que a multidão tinha diminuído bastante.

Bob estava tirando a espuma de duas garrafinhas de Guinness quando dois chechenos entraram, com seus cabelos à escovinha e barba de dois dias, usando blusões esportivos sob sobretudos de lã. Marv passou por eles e entregou o envelope de papel manilha sem diminuir o passo; quando Bob terminou de tirar a espuma das duas garrafas, os chechenos tinham ido embora. Foi entrar e sair. Como se eles não tivessem estado ali.

Uma hora depois, o local estava vazio. Bob secava o chão atrás do balcão, Marv contava a féria do dia. Rardy arrastou o lixo pela porta dos fundos e o pôs na viela. Bob torceu o pano de chão no balde, e quando levantou a vista, lá estava um cara na porta dos fundos, apontando uma espingarda para ele.

A coisa que nunca mais ele haveria de esquecer, pelo resto da vida, era o silêncio. O fato de que o resto do mundo estava dormindo — dentro e fora — e tudo estava imóvel. Não obstante, um homem se encontrava no vão da porta com uma máscara de esqui e uma espingarda apontada para Bob e Marv.

Bob deixou cair o pano de chão.

Marv, ao lado de um dos refrigeradores de cerveja, levantou a vista. Seus olhos se apertaram. Logo abaixo de sua mão havia uma Glock 9 milímetros. E Bob esperava em Deus que ele não fosse estúpido o bastante para tentar pegá-la. A espingarda os partiria pelo meio antes que a mão de Marv desobstruísse o balcão.

Mas Marv não era louco. Bem devagar, ele levantou as mãos acima dos ombros antes mesmo que o sujeito tivesse tempo de mandar-lhe fazer isso, e Bob fez o mesmo.

O cara entrou no salão, e Bob sentiu uma dor no peito quando outro sujeito veio atrás do primeiro, apontando um revólver para eles, as mãos dele um tanto trêmulas. De certa forma, dava para dar um jeito se se tratasse de um cara com uma arma, mas como eram dois, o bar ficava tão tenso quanto uma bolha cheia. Bastava apenas um alfinete. Aquilo poderia ser o fim, percebeu Bob. Daí a cinco minutos — ou mesmo trinta segundos — ele iria poder saber se havia uma vida depois desta ou apenas a dor do aço penetrando em seu corpo e rompendo seus órgãos. E depois o nada.

O cara de mãos trêmulas era magro, o da espingarda era robusto, na verdade gordo, e ambos respiravam pesadamente através das máscaras de esqui. O magro pôs um saco de lixo no balcão, mas foi o gordo quem falou.

Ele disse a Marv: "Nem ao menos pense. Só encha".

Marv fez que sim com a cabeça como se estivesse atendendo ao pedido de um drinque e começou a colocar dentro do saco o dinheiro que ele acabara de prender com um elástico.

"Não estou querendo criar problema", disse Marv.

"Bem, é essa porra que você está fazendo", disse o corpulento.

Marv parou de pôr o dinheiro na sacola e olhou para ele. "Mas você sabe de quem é este bar? De quem é o dinheiro que vocês estão pegando aqui?"

O magro aproximou-se com a arma na mão trêmula. "Encha o saco de lixo, seu babaca desgraçado."

O magro usava um relógio no punho direito com o mostrador voltado para dentro. Bob notou que ele marcava seis e quinze, embora já fossem duas e meia da manhã.

"Sem problema", disse Marv para a arma trêmula. "Sem problema." E pôs o resto do dinheiro no saco de lixo.

O sujeito magro puxou o saco para si, recuou, e agora lá estavam os dois num lado do balcão com as armas apontadas para Bob e Marv do outro lado. O coração de Bob batia no peito como um saco de doninhas atirado de um barco.

Naquele terrível momento, Bob sentiu toda a extensão do

tempo, desde o nascimento do mundo, abrindo sua boca para ele. Ele via o céu noturno expandindo-se no espaço, o espaço expandindo-se em infinito espaço com estrelas disparando pelo céu negro como diamantes sobre feltro, e tudo era muito frio e interminável, e ele era menos que um grão de poeira em meio àquilo. Ele era a lembrança de um grão de poeira, a lembrança de algo que passara despercebido. A lembrança de alguma coisa que não merecia ser lembrada.

Eu só quero criar o cachorro, pensou ele sem saber bem por quê. Eu só queria ensinar-lhe uns truques e viver um pouco mais esta vida.

O magro pôs a pistola no bolso e saiu.

Agora só restava o corpulento com a espingarda.

Ele disse a Marv: "Você fala demais, porra".

Depois se foi.

A porta que dava para a viela rangeu quando eles a abriram, rangeu novamente quando a fecharam. Bob não tomara fôlego por pelo menos meio minuto, e então ele e Marv expiraram o ar ao mesmo tempo.

Bob ouviu um som baixo, uma espécie de gemido, mas não era de Marv.

"Rardy", disse Bob.

"Ah, merda." Marv deu a volta ao balcão com ele, e ambos correram para a cozinha minúscula lá no fundo, onde eles armazenavam os velhos barris, e lá estava Rardy, o ventre encostado no lado esquerdo da porta, o rosto empastado de sangue.

Bob não sabia ao certo o que fazer, mas Marv se deixou cair ao lado dele e começou a sacudir seu ombro para a frente e para trás como se fosse a cordinha de um motor de popa. Rardy deu alguns gemidos, depois arfou. Era um som horrível, sufocado e entrecortado, como se ele estivesse inalando cacos de vidro. Ele encurvou as costas, rolou de lado e se sentou, o rosto esticado, os lábios contraídos sobre os dentes como uma espécie de máscara mortuária.

"Ah", disse ele. "Puta que pariu. Puta que pariu. Deus."

Ele abriu os olhos pela primeira vez, e Bob viu-o tentar focalizar a vista. Levou um minuto.

"Que merda é essa?", disse ele, o que Bob achava ser um avanço em relação ao "puta que pariu", caso alguém estivesse imaginando um trauma cerebral.

"Você está bem?", perguntou Bob.

"Sim, você está bem?", disse Marv ajoelhado ao lado de Rardy.

"Eu vou vomitar."

Bob e Marv recuaram alguns passos.

Rardy expirou levemente algumas vezes, tomou vários fôlegos curtos, expirou mais algumas vezes e anunciou: "Não, não vou".

Bob avançou alguns passos. Marv se deixou ficar onde estava.

Bob deu a Rardy um pano de prato, que Randy passou na geleia de sangue e de carne exposta que lhe cobria o lado direito do rosto, da órbita do olho até o canto da boca.

"Estou com uma aparência horrível, não?"

"Não, você parece bem", mentiu Bob.

"Verdade, você parece bem", disse Marv.

"Não, não pareço", disse Rardy.

"Não, não parece", Bob e Marv concordaram.

3. O bar da vez

DUAS PATRULHEIRAS, FENTON, G., e Bernardo, R., responderam primeiro ao chamado. Deram uma olhada em Rardy, e R. Bernardo regulou seu microfone de ombro e pediu que enviassem uma ambulância. Elas interrogaram os três, mas se concentraram em Rardy, porque ninguém imaginava que ele ia durar muito. Sua pele estava da cor de novembro, e ele ficava o tempo todo lambendo os lábios e piscando os olhos. Se nunca tivesse tido uma concussão antes, agora ia poder acrescentar essa ocorrência à lista.

Então a porta se abriu, e o detetive-chefe entrou; seu rosto inexpressivo, desinteressado, foi ficando cada vez mais curioso e quase alegre quando seus olhos pousaram em Bob.

Ele o apontou. "A missa das sete na igreja de São Domingos."

Bob assentiu. "Sim."

"Todas as manhãs nos vemos, há quanto tempo? Dois, três anos? E nunca nos conhecemos." Ele estendeu a mão. "Detetive Evandro Torres."

Bob apertou sua mão. "Bob Saginowski."

O detetive Torres apertou a mão de Marv também. "Deixem-me falar com minhas garotas — minhas oficiais, melhor dizendo, me desculpem —, e então vamos todos nos ocupar do que aconteceu."

Ele andou alguns passos em direção às oficiais Fenton e Bernardo, e todos falaram em voz baixa, balançaram a cabeça e apontaram várias vezes.

Marv disse: "Você conhece o cara?".

"Não o conheço", disse Bob. "Ele vai à mesma missa que eu."

"Como ele é?"

Bob deu de ombros. "Não sei."

"Ele vai à mesma missa que você e você não sabe como ele é?"

"Você conhece todos os frequentadores do ginásio de esportes?"

"Isso é diferente."

"Como assim?"

Marv suspirou. "Simplesmente é."

Torres voltou, os dentes perolados e uma expressão jocosa nos olhos. Disse-lhes que contassem a ele, com suas próprias palavras, exatamente aquilo de que se lembravam, e suas histórias eram bastante idênticas, embora discordassem quanto a se o cara da pistola tinha chamado Marv de "babaca" ou de "seu porra". No mais, porém, seus relatos coincidiam. Eles deixaram de fora toda a parte em que Marv perguntou ao sujeito parrudo se ele sabia a quem o bar realmente pertencia, embora não tivessem tido tempo de combinar isso. Mas em East Buckingham, a ala da maternidade do Hospital Santa Margarete tinha, rabiscadas acima da entrada, as palavras MANTENHAM A PORRA DA BOCA FECHADA.

Torres tomou notas em seu caderno. "Então, quer dizer, máscaras de esqui, camisetas polo pretas, casacos pretos, jeans pretos, o magro mais nervoso do que o outro, mas ambos mostrando bastante frieza sob pressão. Não se lembram de mais nada?"

"É mais ou menos isso", disse Marv, mostrando seu sorriso de cooperação. O sr. Bem-Intencionado.

"O cara ficou bem perto de mim", disse Bob. "O relógio dele estava parado."

Ele sentiu os olhos de Marv nele, viu Rardy, com uma bolsa de gelo no rosto, olhando-o também. Pelo resto da vida não teve ideia de por que abrira a boca. E então, para a sua surpresa ainda maior, continuou dando com a língua nos dentes.

"Ele ficava com o rosto virado assim." Bob levantou o punho.

Torres pegou a caneta sobre o papel. "E os ponteiros estavam parados?"

Bob fez que sim. "Sim. Às seis e quinze."

Torres anotou a informação. "Quanto eles levaram de vocês?"

Marv disse: "O que estava na caixa registradora".

Torres continuou olhando e sorrindo para Bob. "*Só* o que estava na registradora?"

Bob disse: "O que quer que estivesse na registradora, senhor agente".

"Detetive."

"Detetive. Só o que estava lá."

Torres ficou um tempinho olhando o bar. "Quer dizer que se eu perguntar, não vou ouvir nada sobre alguém mantendo um registro aqui ou... não sei" — ele olhou para Marv — "permitindo uma passagem segura para coisas subtraídas?"

"Que porra de coisas?"

"Subtraídas", disse Torres. "É uma palavra bonita para roubadas."

Marv agiu como se estivesse refletindo um pouco sobre aquilo. Então balançou a cabeça.

Torres olhou para Bob e ele também balançou a cabeça.

"Ou levando uma bolsa com erva de vez em quando?", disse Torres. "Eu não iria ouvir nada sobre isso?"

Marv e Bob valeram-se da Quinta Emenda sem chegar a mencioná-la.

Torres inclinou-se para trás apoiando-se nos saltos dos sapatos, considerando os dois como se eles estivessem numa comédia. "E quando eu verificar as fitas da registradora — Rita, trate de pegá-las, está bem? —, elas vão coincidir exatamente com a quantia que eles levaram?"

"Claro", disse Marv.

"Não tenha dúvida", disse Bob.

Torres riu. "Ah, então o homem que coleta dinheiro já tinha vindo. Sorte de vocês."

Aquilo finalmente incomodou Marv, e ele fechou a cara. "Não estou gostando nada dessas insinuações. Nós fomos roubados."

"Eu sei que vocês foram roubados."

"Mas você está nos tratando como suspeitos."

"Mas não de roubar o próprio bar", disse Torres lançando um olhar a Marv e revirando ligeiramente os olhos. "Marv, o nome é este, não é?"

Marv fez que sim. "Sim, é o que está escrito no letreiro do prédio."

"Tudo bem, Marv." Torres deu um tapinha no cotovelo de Marv, e Bob teve a impressão de que ele estava tentando reprimir um sorriso. "Todo mundo sabe que vocês são receptadores."

"O quê?", disse Marv pondo a mão atrás da orelha e inclinando-se para a frente.

"Receptadores", disse Torres. "Um bar de receptação."

"Não conheço esse termo", disse Marv, olhando em volta procurando uma plateia para dizer umas gracinhas.

"Não?", continuou Torres, se divertindo. "Bem, vamos dizer apenas que neste bairro, e em mais alguns outros aqui na cidade, rola certo grau de criminalidade."

"Cala a boca", disse Marv.

Os olhos de Torres se arregalaram. "Oh, estou falando sério. E o boato — alguns chamam isso de lenda urbana, outros o consideram uma porra duma verdade inquestionável, desculpe minha linguagem —, o boato é que um grupo criminoso, um sindicato se você quiser..."

Marv riu. "Um sindicato!"

Torres também riu. "Certo? Sim, um sindicato do crime, sim, de leste-europeus, croatas, russos, chechenos e ucranianos..."

"E nada de búlgaros?", perguntou Marv.

"Eles também", disse Torres. "Então o boato é que... você está preparado?"

"Estou", disse Marv, e foi a sua vez de apoiar-se nos saltos dos sapatos.

"O boato é que esse sindicato coleta apostas, vende drogas e agencia prostitutas por toda a cidade. Quer dizer, de leste a oeste e de norte a sul. Mas toda vez que nós da polícia tentamos barrar esses ganhos ilícitos, como os chamamos, o dinheiro não se encontra onde pensávamos que estava." Torres levantou a mão em sinal de surpresa.

Marv macaqueou o gesto, acrescentando o rosto triste de um palhaço para reforçar a atitude.

"Onde está o dinheiro?"

"Onde?", admirou-se Marv.

"Não está no depósito, não está no esconderijo da droga nem no lugar onde se fazem as apostas. Sumiu."

"Ora."

"Ora", concordou Torres. Ele abaixou a voz e puxou Bob e Marv para perto de si. Falava muito baixo, quase num sussurro. "A ideia é que toda noite, todo o dinheiro é coletado e" — ele traçou aspas no ar com os dedos — "largado num bar predeterminado em algum lugar da cidade. O bar guarda até de manhã o dinheiro de toda a merda ilegal que rolou na cidade naquela noite. Então algum russo com uma capa de couro preta e muita loção pós-barba aparece, pega o dinheiro e o leva pela cidade até o sindicato."

"O tal sindicato novamente", disse Marv.

"E é isso mesmo", disse Torres batendo palmas com tanta força que Rardy levantou a vista. "O dinheiro se foi."

"Posso lhe fazer uma pergunta?", disse Marv.

"Claro."

"Por que não simplesmente entrar no bar em questão com mandado de prisão e prendê-los por receber todo esse dinheiro ilegal?"

"Ah", disse Torres levantando o indicador. "Grande ideia. Você já pensou em se tornar um policial?"

"Não."

"Tem certeza? Você tem jeito pra isso, Marv."

"Sou apenas um dono de bar."

Torres deu um risinho e inclinou-se novamente para a frente, com ar conspiratório. "O motivo pelo qual não podemos interditar um bar receptador é que nenhum, nem mesmo o bar receptador da vez, *sabe* que vai ser o da vez até poucas horas antes que a coisa aconteça."

"*Não.*"

"*Sim.* E então ele passará seis meses sem ser o receptador. Ou então vai ser requisitado novamente dois dias depois. O problema é que... a gente nunca sabe."

Marv coçou sua barba por fazer. "A gente nunca sabe", repetiu ele com um leve espanto.

Os três simplesmente se deixaram ficar ali um instante, sem dizer nada.

"Bem, se lhes ocorrer mais alguma coisa", disse Torres por fim, "vocês me dão um telefonema." Ele passou seu cartão para cada um dos dois.

"Há alguma chance de pegar esses caras?", disse Marv abanando o rosto com o cartão.

"Oh", disse Torres magnânimo. "Muito pouca."

"Pelo menos você está sendo franco."

"Pelo menos um de nós está", disse Torres com um riso sonoro.

Marv acompanhou-o, mas logo se interrompeu abruptamente, deixando seus olhos gélidos como se ele ainda fosse durão.

Torres olhou para Bob. "Uma vergonha o caso da São Domingos, não?"

"Que quer dizer com isso?", perguntou Bob, contente por poder falar sobre outra coisa — qualquer outra coisa.

"Acabou, Bob. Eles vão fechar suas portas."

A boca de Bob se abriu, mas ele não conseguiu falar.

"Eu sei, eu sei", disse Torres. "Ouvi isso hoje mesmo. Eles vão se unir a Santa Cecília. Acredita numa coisa dessas?" Ele balançou a cabeça. "Os caras armados se parecem com alguém que já esteve aqui?"

Bob ainda estava na São Domingos. Torres, ele desconfiava, gostava de ferrar com um sujeito.

"Eles se pareciam com uns mil caras que já passaram por aqui."

"E qual a aparência desses mil caras?"

Bob refletiu um pouco sobre aquilo. "É como se tivessem acabado de se recuperar de um resfriado."

Torres tornou a sorrir, mas dessa vez o riso parecia genuíno. "Isso parece bem apropriado para esta parte da cidade."

ALGUNS MINUTOS DEPOIS, Rardy estava numa maca na parte de trás da ambulância. As duas patrulheiras o deixaram em sua unidade, e um dos paramédicos tentava tirar uma grande lata de cerveja Narragansett da mão de Rardy.

"Você está com uma concussão", disse o cara.

Rardy tomou a cerveja de volta. "Não foi a cerveja que a causou."

O paramédico olhou para Cousin Marvin, que tomou a cerveja da mão de Rardy. "É para seu bem."

Rardy estendeu a mão para a cerveja e chamou Marv de otário.

Torres e Bob observavam o pequeno conflito quando Torres disse: "Essa coisa toda é uma palhaçada".

"Ele vai ficar bem", disse Bob.

Torres olhou para ele. "Me refiro à São Domingos. Bela igreja. E eles celebram a missa muito bem. Nada de dengos com Nosso Pai, nada de cantores populares." Ele olhou para a viela com o desconcerto irremediável de uma vítima. "Na época em que os leigos concluírem sua perseguição à Igreja, tudo que haveremos de deixar será um bocado de condomínios com vitrais."

Bob disse: "Mas...".

Torres lançou-lhe um olhar digno de um mártir observando os pagãos construindo sua fogueira. "Mas o quê?"

"Bem...", disse Bob estendendo as mãos.

"Então o quê?"

"Se a Igreja fosse purificada..."

Torres endireitou o corpo sem mais nada de divertido nos olhos. "Quer dizer que era isso, hein? Você não vê o *Globe* dedicando suas primeiras páginas aos casos de maus-tratos no mundo muçulmano."

Bob sabia que devia calar a porra da sua boca, mas não conseguia se conter. "Eles esconderam casos de abuso de crianças. Por ordens de Roma."

"Eles pediram *desculpas*."

"Mas de que adianta isso?", perguntou Bob. "Se eles não divulgam os nomes dos padres que cometeram os abusos..."

Torres ergueu as mãos no ar. "O catolicismo da boca pra fora foi responsável por isso. Em sua maioria, as pessoas querem ser católicas, menos, sabe, o núcleo duro. Por que você nunca comunga?"

"*O quê?*"

"Faz anos que o vejo na missa. Você não comungou nenhuma vez."

Bob sentiu-se desconcertado e invadido em sua privacidade. "Isso é problema meu."

Torres finalmente voltou a sorrir, mas era um sorriso tão perverso que Bob conseguia perceber isso de olhos fechados.

Torres disse: "Você acha isso, não é?", e foi andando até seu carro.

Bob se dirigiu à ambulância perguntando-se que diabos acabara de acontecer. Mas ele sabia o que tinha acontecido — ele se fizera inimigo de um policial. Uma vida vivida num cubículo de total anonimato, e o cubículo acabava de ser escancarado no meio da rua.

Os paramédicos prepararam-se para erguer e pôr a maca de rodinhas na ambulância.

Bob disse: "Moira vai visitar você?".

Rardy disse: "Sim, eu liguei para ela". Ele arrebatou a lata de cerveja da mão de Marv e a esvaziou. "Minha cabeça está doendo pra cacete. Pra cacete."

Eles o ergueram até a ambulância. Bob agarrou a lata de cerveja vazia quando ele a jogou, os paramédicos fecharam as portas traseiras e foram embora.

Marv e Bob se surpreenderam num silêncio repentino.

"O policial deixou você usar o blusão dele ou primeiro você vai ter de deixá-lo dar um beliscão nos seus mamilos?"

Bob suspirou.

Marv não lhe deu folga. "Pra que diabos você contou a ele sobre o relógio?"

"Não sei", disse Bob, e se deu conta de que realmente não sabia. Não tinha a menor ideia.

Marv disse: "Bem, vamos cortar pela raiz esse impulso pelo resto de sua vida, sabe?". Ele acendeu um cigarro e bateu os pés no chão por causa do frio. "Perdemos cinco mil e uns trocados. Mas Anwar e Makkhal pegaram nosso envelope, por isso não estou numa enrascada."

"Então estamos bem."

"Perdemos cinco mil", disse Marv. "O bar é deles, o dinheiro é deles. Não estamos tão bem assim, porra."

Eles olharam novamente para a viela. Ambos tremiam por causa do frio. Depois de algum tempo, voltaram para dentro.

4. Segunda cidade

No DOMINGO DE MANHÃ, NADIA levou o filhote para o carro dele, quando ele estava parado na frente da casa dela. Ela passou o cãozinho pela janela e fez um pequeno aceno aos dois.

Ele olhou para o cão acomodado ao seu lado no banco e sentiu uma onda de medo. O que será que ele come? Quando ele come? Arrombamento, assalto. Como se faz isso? Quanto tempo se leva? Ele tivera dias para refletir sobre aqueles problemas — por que só agora eles lhe vinham à mente?

Ele apertou os freios e recuou o carro cerca de um metro. Nadia, a poucos centímetros do degrau mais baixo de sua entrada, voltou-se. Ele abaixou a janela do passageiro, inclinou o corpo no banco até poder olhar para ela.

"Eu não sei o que fazer. Eu não sei nada."

NUM SUPERMERCADO PARA ANIMAIS, Nadia pegou vários brinquedos para mordiscar e disse a Bob que ele iria precisar deles se quisesse preservar seu sofá. Sapatos, ela lhe disse, de agora em diante esconda dele, na prateleira mais alta. Eles compraram vitaminas — para um cachorro! — e um saco de comida de filhotes que ela sugeriu, dizendo-lhe que o mais importante era manter aquela marca dali por diante. Se você mudar a dieta de um cão, ela o advertiu, vai ter um bocado de diarreia no chão de sua casa.

Eles compraram uma casinha para cães para acomodar o filhote enquanto Bob estivesse no trabalho. Compraram uma garrafa de água para pôr na casinha e um livro sobre como treinar cães, escrito por monges que apareciam na capa dando a impressão de durões, sem a menor aparência de monges, com sorrisos largos. Quando o caixa somou tudo, Bob sentiu um estremeção no corpo, um momentâneo dilaceramento enquanto levava a mão à carteira. Sua garganta afogueou-se de calor. Sua cabeça parecia ferver. E só quando o abalo passou, a garganta esfriou, a cabeça se desanuviou e ele passou o cartão de crédito para o caixa, percebeu, no súbito desaparecimento da sensação, que sensação era aquela.

Por um instante — talvez até uma sucessão de instantes, e nenhum destacado o suficiente para ser considerado como a causa — ele se sentiu feliz.

"Bem, então obrigada", ela disse quando ele parou na frente da sua casa.

"O quê? Eu é que agradeço, ora. Pode acreditar. Bem... obrigado."

Ela disse: "Esse carinha aí é muito bom. Você vai sentir orgulho dele, Bob".

Bob olhou para o filhote, que agora dormia no colo dela, ressonando. "Eles fazem isso? Dormem o tempo todo?"

"Um bocado. Então eles saem correndo por aí feito malucos durante uns vinte minutos. Aí eles dormem um pouco mais. E fazem cocô. Bob, cara, você tem de se lembrar disso — eles fazem cocô e xixi feito loucos. Não perca a cabeça. É só o que sabem fazer. Leia os livros. Leva certo tempo, mas chega uma hora em eles percebem que não devem fazer isso dentro de casa."

"E quanto é esse 'certo' tempo?"

"Uns dois meses?" Ela inclinou a cabeça. "Talvez três. Tenha paciência, Bob."

"Tenha paciência", ele repetiu.

"E você também", disse ela dirigindo-se ao filhote enquanto o levantava de seu colo. Ele acordou fungando, bufando. Não queria que ela fosse embora. "Vocês dois cuidem um do outro", disse ela, e saiu, fez um aceno para Bob enquanto subia os degraus da entrada de sua casa e entrou.

O filhote estava sobre as coxas de Bob, olhando para a janela como se Nadia fosse reaparecer ali. Ele voltou a cabeça e olhou para Bob. Bob sentia a sensação de desamparo do filhote e também a sua. Tinha certeza de que iria aprontar a maior confusão com aquilo, ele e seu cão abandonado. Ele estava convicto de que o mundo era forte demais.

"Como é seu nome?", perguntou ele ao cãozinho. "Como vamos chamá-lo?"

O cãozinho voltou a cabeça como que dizendo: "Traga a garota de volta".

A PRIMEIRA COISA QUE FEZ foi defecar na sala de jantar.

A princípio Bob nem ao menos percebeu o que o filhote estava fazendo lá. Ele começou a fungar, o nariz roçando o tapete, e levantou os olhos para Bob com uma expressão de embaraço. E então Bob disse: "O que é?", e o cão despejou a coisa toda no canto do tapete.

Bob avançou aos tropeções, como se pudesse impedir aquilo, fazer com que a coisa voltasse, e o cãozinho escapuliu, deixando bolotinhas na madeira de lei enquanto fugia para a cozinha.

Bob disse: "Não, não. Tudo bem". Embora não fosse verdade. A maior parte de tudo quanto havia na casa fora de sua mãe, e boa parte daquilo não sofrera nenhuma alteração desde que ela a comprara na década de 1950. Aquilo era merda. Excremento. Na casa de sua mãe. Em seu tapete, em seu piso.

Nos segundos que se passaram antes que ele chegasse à cozinha, o cãozinho estava encostado na geladeira, tendo deixado uma poça de urina no linóleo. Bob por pouco não escorregou na urina. O cão estava encostado na geladeira, olhando para ele, temendo um golpe, esforçando-se para não se deixar abalar.

E aquilo fez Bob parar. Fê-lo parar, ainda que ele soubesse que quanto mais o cocô ficasse no tapete, mais difícil seria tirá--lo de lá.

Bob se pôs de quatro no chão. Sentiu a súbita volta do que sentira quando tirou o cão do latão de lixo, algo que ele supunha ter deixado com Nadia. Relacionamento. Desconfiou que eles tinham sido unidos por algo mais que o acaso.

Ele disse "Ei" numa altura que mal passava de um sussurro. "Ei, está tudo bem." Então, bem devagar, estendeu a mão, e o cãozinho pressionou o corpo ainda mais contra a geladeira. Mas Bob continuou avançando a mão e encostou delicadamente a palma num dos lados da cara do animal, emitindo sons suaves e doces. Ele sorriu àquilo. E disse repetidas vezes: "Está tudo bem".

NAQUELA ÉPOCA O DETETIVE EVANDRO TORRES trabalhava na Divisão de Furtos, mas antes disso ele fora alguém de certa importância. Durante um ano e três meses de glória, fora detetive da Divisão de Homicídios. Então, como sempre acontecia com as boas coisas de sua vida, ele fodera com tudo e fora rebaixado para a Divisão de Furtos.

Ao final de seu turno, a Divisão de Furtos bebia no JJ's, a de Homicídios, no bar The Last Drop, mas se se quisesse encontrar alguém da Divisão de Crimes Graves, o pessoal estaria mantendo a tradição, já consagrada, de beber em seus carros junto ao Pen Channel.

Foi lá que Torres encontrou Lisa Romsey e seu parceiro, Eddie Dexter. Eddie era um homem magro e pálido, sem amigos nem família que alguém conhecesse. Tinha a personalidade de uma caixa de areia úmida e nunca falava, a menos que falassem com ele, mas era uma verdadeira enciclopédia no que dizia respeito à fauna humana da Nova Inglaterra.

Lisa Romsey era totalmente diferente — a latina mais fogosa e irritadiça a empunhar uma arma. O nome Romsey foi o que sobrou de seu casamento desastroso, que durou dois anos, com o promotor de justiça, e ela o mantinha porque, nessa cidade, ele ainda abria mais portas do que fechava. Ela se tornou parceira de Torres havia alguns anos, numa força-tarefa. Depois que esta se desfez, foi enviada para a Divisão de Crimes Graves, onde permaneceu, e Torres foi para a de Homicídios, onde não ficou.

Evandro encontrou os dois sentados em seu carro sem o distintivo da polícia no canto sul do estacionamento, bebendo em xícaras de papelão da Dunkin'Donuts, de onde não saía vapor. Sua unidade dava de frente para o canal, por isso Evandro parou o carro na vaga vizinha, apontando para a direção oposta, e abaixou o vidro de seu carro.

Romsey abaixou o dela depois de lançar um olhar que dava a entender que pensara em deixá-lo fechado.

"Qual é a bebidinha da noitinha de hoje?", perguntou Torres. "Uísque ou vodca?"

"Vodca", disse Romsey. "Você trouxe sua xícara?"

"Estou com cara de quem caiu das nuvens?", disse Torres passando-lhe uma xícara de café de cerâmica em que se lia O MELHOR PAI DO MUNDO. Romsey ergueu uma sobrancelha ao ler aquelas palavras, mas pôs vodca na xícara e devolveu-a.

Todos tomaram um gole, e Eddie Dexter olhava atentamente através do para-brisa como se estivesse tentando enxergar o sol num céu tão cinzento que poderia ser o muro de uma prisão.

Romsey disse: "E aí, o que está havendo, Evandro?".

"Você ainda se lembra de Marvin Stipler?"

Romsey negou com um gesto de cabeça.

"Cousin Marv?", disse Torres. "Ele foi excluído do próprio bando — quando teria sido isso? — há nove, dez anos, pelos chechenos."

Romsey agora assentia com a cabeça. "Certo, certo, certo. Eles vieram e lhe disseram que ele não era muito eficiente. Marv passou a década seguinte provando que eles tinham razão."

Torres disse: "É esse cara mesmo. O bar dele foi assaltado na noite passada. O bar pertence a uma das empresas de fachada de Papa Umarov".

Romsey e Eddie Dexter trocaram olhares surpresos, e então ela disse: "Algum retardado assaltou aquele bar?".

"Isso mesmo. A Divisão de Crimes Graves está na cola dos Umarovs?"

Romsey se serviu de mais bebida e negou com um gesto de cabeça. "Nós mal conseguimos sobreviver aos últimos cortes de verbas, não estamos nos empenhando em ir atrás de um russo que John Quincy mal sabe que existe."

"Checheno."

"O quê?"

"Eles são chechenos, não russos."

"Não enche."

Torres apontou para sua aliança.

Romsey fez uma careta. "Oh, como se isso algum dia tivesse tido importância."

"Quer dizer então que Cousin Marv não é um cão em quem alguém esteja interessado?"

Romsey negou com a cabeça. "Se você o quer, Evandro, ele é todo seu."

"Obrigado. Foi bom revê-la, Lisa. Você está com um ótimo aspecto."

Ela piscou os cílios para ele, mostrou-lhe o dedo médio e fechou o vidro da janela.

A CIDADE ACORDOU na manhã seguinte e se deparou com cerca de dez centímetros de neve. O inverno começara havia apenas um mês, e eles já tinham tido três grandes nevascas e várias pequenas nevadas. Se a coisa continuasse nesse ritmo, em fevereiro não haveria lugar para tanta neve.

Bob e Cousin Marv levaram cada um uma pá para a frente do bar, embora Marv na maior parte do tempo apenas se apoiasse na sua, com a desculpa de uma velha contusão no joelho de que só ele se lembrava.

Bob contou-lhe seu dia com o cachorro, o custo de tudo o que comprara para ele e que o cachorro fizera a sala de estar de privada.

Marv disse: "Você tirou a mancha do tapete?".

"Quase", disse Bob. "Mas é um tapete escuro."

Marv olhou para ele por cima do cabo da pá. "É um tapete escuro... É o tapete de sua mãe. Uma vez eu pisei naquilo com meu sapato — ele nem estava sujo — e você tentou cortar meu pé fora."

Bob disse: "Olha o melodramático", o que surpreendeu a ele próprio e a Marv. Bob não era dado a tratar mal as pessoas, principalmente no que se referia a Marv. Mas, Bob tinha de admitir, aquilo fez com que ele se sentisse bem.

Marv se recompôs o bastante para agarrar a virilha e fazer um ruidoso som de beijo; em seguida, empurrou a pá na neve por um minuto, sem fazer grande coisa, apenas levantando-a do asfalto o suficiente para que a brisa a atingisse, piorando ainda mais as coisas.

Dois Cadillacs Escalade e uma van branca pararam junto ao meio-fio. O resto da rua estava vazio àquela hora do dia, e Bob nem precisou olhar para saber quem estava ali, a manhã nevoenta já avançada, nos dois utilitários recém-lavados e encerados.

Chovka Umarov.

"As cidades", disse certa vez seu pai a Bob, "não são governadas do edifício do Capitólio. Elas são governadas do porão. Sabe qual a Primeira Cidade? Aquela que você vê? São as roupas que eles põem por cima do corpo para lhe dar uma aparência melhor. Mas a Segunda Cidade é o corpo. É onde eles fazem as apostas, vendem mulheres, drogas e coisas, tipo TVs, sofás, que os trabalhadores podem comprar. O trabalhador só ouve falar da Primeira Cidade quando ela está fodendo com ele. Mas a segunda cidade está à sua volta em todos os dias de sua vida."

Chovka Umarov era o príncipe da Segunda Cidade.

O pai de Chovka, Papa Pytor Umarov, dava as cartas naquela época, partilhando o poder com as velhas facções italianas e irlandesas, subcontratando os serviços dos negros e dos porto-riquenhos, mas era dado como certo nas ruas que se Papa Pytor resolvesse engrossar e forçar ou pisotear algum ou todos os seus associados, não se podia fazer porra nenhuma para evitar isso.

Anwar saiu do banco do motorista do utilitário da dianteira, olhos frios como gim enquanto amaldiçoava o tempo, como se Bob e Marv fossem a causa daquele inconveniente.

Chovka saiu do banco traseiro do mesmo Escalade, calçando as luvas e examinando o chão para ver se tinha gelo. O cabelo e a barba bem-arrumados tinham a mesma cor negra das luvas. Ele não era nem alto nem baixo, mas mesmo de costas irradiava uma energia que dava uma comichão na base do crânio de Bob. *"Quanto mais perto se chega de César",* costumava dizer um dos professores de história do curso colegial de Bob, *"mais medo se sente."*

Chovka parou na calçada ao lado de Bob e Marv, postando-se numa área que Bob já tinha limpado com a pá.

Chovka disse para a rua: "Quem precisa de um limpa-neve, quando se tem Bob?". Em seguida falou a Bob: "Quem sabe você vem à minha casa mais tarde".

Bob disse: "Ah, claro", porque não conseguiu pensar em outra coisa para dizer.

A van branca balançava lentamente de um lado para o outro. Bob não tinha dúvidas quanto a isso. O lado mais próximo do meio-fio afundava, e fosse qual fosse o peso que causava o afundamento, terminava por estabilizar-se no meio da van, e esta junto com ele.

Chovka deu um tapinha no ombro de Bob. "Estou brincando. Esse cara..." Ele sorriu para Anwar, depois para Bob, mas, quando olhou para Marv, seus olhinhos pretos ficaram ainda menores e mais pretos. "Você está recebendo auxílio do governo?"

Um ruído surdo veio da van. Podia ser qualquer coisa. A van tornou a se sacudir.

"Como?", perguntou Marv.

"Como?", perguntou Chovka, inclinando-se para trás para olhar para Marv.

"Quis dizer, lamento..."

"Lamenta o quê?"

"Não entendi sua pergunta."

"Perguntei se você está recebendo auxílio do governo."

"Não, não."

"Eu não lhe perguntei?"

"Não, não estou recebendo auxílio do governo."

Chovka apontou para a calçada e depois para as pás deles. "Bob faz todo o trabalho, e você fica olhando."

"Não", disse Marv, depois pegou um pouco de neve com a pá e a jogou na pilha. "Estou removendo a neve."

"Certo, você está removendo a neve." Chovka acendeu um cigarro. "Venha cá."

Marv pôs a mão no peito com um olhar interrogativo.

"Vocês dois", disse Chovka.

Ele os conduziu pela calçada, o gelo derretido e o sal usado para derreter o gelo rangendo sob seus pés como cacos de vidro. Eles desceram do meio-fio atrás da van, e Bob viu o que poderia ser fluido de transmissão vazando de sob a van. Exceto que a consistência e a cor não tinham nada a ver.

Chovka abriu as duas portas da van imediatamente.

Dois chechenos corpulentos feito geladeiras dotadas de pés humanos, de ambos os lados de um sujeito suado e magro. O magro estava vestido como um operário da construção civil — camisa xadrez por cima de calça térmica acastanhada. Eles o tinham amordaçado com uma tira de algodão e enfiado um pino de metal de umas seis polegadas em seu pé direito, descalço, a bota caída ao seu lado, a meia apontando da bota. A cabeça do cara tombou, mas um dos chechenos puxou-lhe os cabelos e encostou um frasquinho cor de âmbar sob seu nariz. O cara inspirou um bocado, seus olhos se abriram, e ele ficou totalmente desperto enquanto o outro checheno usava uma chave de mandril para apertar melhor a broca numa furadeira.

"Você conhece esse cara?", perguntou Chovka.

Bob negou com um gesto de cabeça.

"Não", respondeu Marv.

Chovka disse: "Mas *eu* conheço esse cara. Eu o conheço. Tentei explicar-lhe, quando me procurou para fazer um negócio, que ele devia ter um princípio moral. Hein, Bob? Você entende?".

"Um princípio moral", disse Bob. "Claro, sr. Umarov."

"Um homem que tem um princípio moral sabe o que sabe e sabe o que tem de ser feito. Sabe como manter seus negócios em ordem. Um homem sem um princípio moral, porém, não sabe o que não sabe, e a gente nunca pode explicar para ele. Porque se ele soubesse a coisa que ele não sabe, então teria um princípio moral." Ele olhou para Marv. "Está entendendo?"

"Estou", disse Marv. "Muitíssimo bem."

Chovka fez uma careta e fumou um pouco.

Na van, o operário da construção choramingou, e o checheno à sua esquerda bateu na parte de trás de sua cabeça até ele parar.

"Alguém roubou meu bar?", perguntou Chovka a Bob.

"Sim, sr. Umarov."

Chovka disse: "Chame meu pai de 'sr. Umarov', Bob. A mim você pode chamar de Chovka, tá?"

"Chovka. Sim senhor."

"Quem roubou nosso bar?"

"Não sabemos", disse Cousin Marv. "Eles estavam com máscaras."

Chovka disse: "O relatório da polícia diz que um usava um relógio de pulso quebrado. Vocês disseram isso à polícia?".

Marv olhou para sua pá.

Bob disse: "Respondi sem pensar. Sinto muito".

Chovka tornou a olhar para o operário da construção por um instante, fumou, e ninguém disse nada.

Então Chovka perguntou a Marv: "O que vocês fizeram para recuperar o dinheiro de meu pai?".

"Nós espalhamos a notícia pelo bairro."

Chovka olhou para Anwar. "A notícia está por aí. Nosso dinheiro também."

O cara da van se cagou. Todos ouviram, mas agiram como se não tivessem ouvido.

Chovka fechou as portas da van. Ele bateu na porta com o punho duas vezes, a van afastou-se do meio-fio e partiu.

Ele se voltou para Bob e Marv. "Achem a porra de nosso dinheiro."

Chovka voltou para o Escalade. Anwar parou na porta, olhou para Bob e apontou para um montinho de neve que Bob não tinha removido. Ele entrou no utilitário depois do chefe, e os dois Escalades se foram.

Cousin Marv os saudou quando eles chegaram ao semáforo e dobraram à direita. "Uma Porra de um feliz Ano Novo para vocês também, cavalheiros."

Bob ficou removendo neve por um instante sem dizer nada. Marv apoiou-se em sua pá e olhou para a rua.

"Sabe o cara da van?", disse Marv. "Não quero nunca falar sobre ele nem ouvir falar dele. Estamos de acordo quanto a isso?"

Bob também não queria falar sobre ele. Ele fez que sim.

Passado um tempinho, Marv disse: "Como ele acha que a gente deve encontrar o dinheiro deles? Se soubéssemos onde está o dinheiro deles, isso queria dizer que sabíamos quem nos roubou, o que poderia significar que estávamos na tramoia e que eles meteriam um balaço na porra de nossas caras. Então, como poderíamos achar o dinheiro deles?".

Bob continuou removendo a neve porque não havia resposta para aquele tipo de pergunta.

Marv acendeu um Camel. "Desgraçados de chechenianos, cara."

Bob parou de manejar a pá. "Chechenos."

"O quê?"

"Eles são chechenos, não 'chechenianos'", disse Bob.

Marv não acreditou no que ouviu. "Mas eles são da Chechênia."

Bob deu de ombros. "Sim, mas a gente não chama o povo da Irlanda de 'irlandianos'."

Eles se apoiaram em suas pás e ficaram olhando para a rua por alguns instantes até que Marv sugeriu que voltassem para dentro. Estava frio, disse ele, e seu joelho o estava matando.

5. Cousin Marv

EM FINS DE 1967, QUANDO AS PESSOAS decentes de Boston elegeram como prefeito Kevin White, a voz de Cousin Marvin — que então estava no terceiro ano — era considerada tão bonita que ele foi o convocado para cantar na cerimônia de posse. Toda manhã ele comparecia à São Domingos. Mas toda tarde, depois do almoço, era levado de ônibus para ensaiar com um coro de meninos na Old South em Back Bay. A igreja de Old South ficava no número 645 da Boylston Street — pelo resto de sua vida, Marv nunca se esqueceu do endereço — e fora construída em 1875. Ela se dispunha diagonalmente na praça da Trinity Church, outra obra-prima arquitetônica, a pouca distância da sede central da Biblioteca Pública de Boston e do Copley Plaza Hotel, quatro edifícios tão majestosos que quando o pequeno Marv se encontrava neles, mesmo em seus porões, sentia-se mais perto do céu. Mais perto do céu, mais perto de Deus ou de qualquer dos anjos ou outros espíritos que flutuavam nas orlas das velhas pinturas. Marv lembrava-se de ter sua primeira intuição adulta, como menino de coro — de que sentir-se mais perto de Deus tinha algo a ver com sentir-se mais perto do conhecimento.

E então eles o expulsaram do coro.

Outro menino, Chad Benson — Marv também nunca iria se

esquecer daquela porra de nome — afirmou ter visto Marv roubar uma barra de chocolate Baby Ruth da mochila escolar de Donald Samuel no closet para casacos. Gritou isso diante do resto do coro quando o regente e os instrutores tinham feito uma pausa para urinar no térreo. Chad disse que todos sabiam que Marv era pobre, mas da próxima vez que ele quisesse comer, bastava pedir que eles lhe dariam uma esmola. Marv disse a Chad que ele era um monte de merda. Chad zombou de Marv por falar de forma descontrolada e ficar vermelho, disse que Marv devia estar no programa de auxílio do governo, perguntou se suas roupas vinham do brechó do porão em Quincy e se toda a família comprava ali, ou só Marv e sua mãe. Marv socou o rosto de Chad Benson com tanta força que o barulho ecoou no templo. Quando Chad caiu no chão, Marv subiu nele, agarrou-lhe uma mecha de cabelo e socou-o mais duas vezes. Foi o terceiro soco que provocou o descolamento da retina de Chad. Não que aquele dano, embora sério, tivesse grande peso na história toda — Marv já estava acabado no momento em que bateu pela primeira vez no sacana. Os Chad Bensons do mundo, ele ficou sabendo naquele dia, nunca deviam ser agredidos. Nem ao menos questionados. De todo modo, não pelos Marv Stiplers da vida.

No processo de expulsão, Ted Bing, o regente do coro, desfechou outro golpe contra Marv ao lhe dizer que, segundo seu ouvido apurado, a voz de Marv iria declinar aos nove anos.

Marv tinha oito.

Eles nem o deixaram tomar o ônibus com os demais componentes do coro. Deram-lhe apenas o dinheiro da passagem, e ele pegou a Linha Vermelha para a cidade e de volta para East Buckingham. Ele esperou até começar a andar da estação para sua casa para comer a barra Baby Ruth. Foi a melhor comida, antes e dali por diante, que ele comeu. Não era apenas o chocolate, ligeiramente derretido, mas o forte e untuoso sabor de autocomplacência que lhe estimulava o paladar e afagava o coração. Sentir-se com plena razão enfurecido e tragicamente vitimizado era, ao mesmo tempo — e Marv raras vezes o admitia para si mesmo —, melhor que qualquer orgasmo na história da trepada.

A felicidade fazia Marv sentir-se ansioso porque ele sabia que não iria durar muito. Mas a felicidade destruída merecia ser aceita, porque isso sempre recompensava.

Sua voz declinou aos nove anos, como o desgraçado do Ted Bing previra. Marv não cantaria mais em coros. Pelo resto de sua vida, Marv, sempre que podia, evitava ir ao centro da cidade. Aqueles velhos edifícios, outrora seus deuses, haviam se transformado em espelhos implacáveis. Marv via, refletidas neles, todas as versões de si mesmo que nunca haveriam de se concretizar.

Depois que Chovka fez a visita com sua Câmara de Torturas sobre Rodas e com seus olhos e atitudes pungentes, Marv removeu a neve do resto da calçada, apesar do joelho e tudo mais, enquanto o porra do Bob se deixou ficar olhando o tempo todo, provavelmente devaneando sobre o cachorro com o qual ficara tão obcecado que agora mal se podia falar com ele. Eles tinham entrado e, o que não era nada de estranhar, Bob recomeçou a tagarelar sobre o cachorro. Marv não deixou transparecer o quanto aquilo era chato, mas, verdade seja dita, era bom ver Bob animado com alguma coisa.

O pouco amor pela vida que Bob mostrava não era apenas por ter sido criado por dois velhos pais, com poucos amigos e nenhuma conexão. O motivo disso era que os pais o tinham mimado, o tinham asfixiado com um amor desesperado (relacionado, presumia Marv, com seu iminente abandono do mundo dos vivos), de tal modo que Bob nunca aprendeu direito a sobreviver num mundo de homens. Bob — o que iria surpreender muitos que agora o conheciam — era capaz de ser muito temível, se você mexesse no interruptor errado daquele seu cérebro lento, mas havia outra parte dele tão carente de afagos que isso solapava a parte dele que poderia foder com uma pessoa, caso ele fosse colocado contra a parede.

Agora ele estava sob a mira da multidão de chechenos por ter sido estúpido o bastante para dar informação de graça a um policial. E não apenas um policial, como depois ficou claro. Um policial *conhecido* dele. Da igreja.

A multidão de chechenos. Vejam só. Porque Bob era fraco.

Naquela noite Marv chegou em casa cedo. Não foi muito ao bar. Não tinha motivos para ficar por lá, pois estava pagando a Bob para fazer isso, sabe como é, era a porra do trabalho dele. Ele parou no vestíbulo para tirar as luvas, o casaco e o cachecol, sendo que o inverno era um puta dum pretexto para usar mais merdas de roupas do que alguém no Havaí sabia que existiam.

Dottie chamou da cozinha. "É você?"

"Quem mais poderia ser?", retrucou ele, ainda que no Ano Novo tivesse feito votos de ser mais delicado com a irmã.

"Poderia ser um desses garotos que dizem vender assinaturas de revistas para sair do gueto."

Ele procurou um cabide para o chapéu. "Esses meninos não tocam a campainha?"

"Eles poderiam cortar sua garganta."

"Quem?"

"Esses garotos."

"Com revistas? Como é isso? Eles pegam um daqueles, como é que eles chamam?, encartes, e sangram você com papel?"

"Seu bife já está pronto."

Ele o ouvia fritando. "Já estou indo."

Ele tirou a bota direita com a esquerda, mas então teve de tirar a esquerda com a mão. O bico da bota estava escuro. A princípio pensou que era da neve.

Mas não, era sangue.

Um pouco de sangue do pé do cara tinha vazado pelo buraco no piso da van e caído na rua.

E foi parar na bota de Marv.

Cara, aqueles chechenos... Aqueles putos daqueles chechenos.

Faziam um sujeito bobo vacilar. Despertavam ambição num homem esperto.

Quando ele chegou à cozinha, Dottie, com sua roupa de ficar em casa e chinelos felpudos de pele de alce, olhos na frigideira, disse: "Você parece cansado".

"Você nem olhou para mim."

"Eu olhei ontem", disse ela com um sorriso cansado. "Agora estou olhando."

Marv pegou uma cerveja na geladeira, tentando sacudir a imagem do cara de sua cabeça, daquele diabo de checheno demente ao lado dele apertando o mandril com a chave.

"E então?", perguntou ele a Dottie.

"Você parece cansado", disse ela animadamente.

DEPOIS DO JANTAR, DOTTIE foi para seu cantinho assistir aos seus programas, e Marv foi para a academia de ginástica em Dunboy. Ele já bebera cerveja demais para malhar, mas sempre podia pegar uma sauna.

Naquela hora da noite, não havia ninguém na sauna — quase não havia ninguém na academia —, e quando Marv saiu estava se sentindo muito melhor. Era quase como se tivesse malhado, o que, pensando bem, era o que acontecia normalmente quando ele ia à academia.

Tomou uma ducha, uma parte dele lamentando não ter levado disfarçadamente uma cerveja consigo, porque não existia nada como uma cerveja gelada numa ducha quente depois da malhação. Quando saiu, vestiu-se junto de seu armário. Ed Fitzgerald estava próximo do armário vizinho, mexendo ociosamente na fechadura.

"Ouvi dizer que eles estão irritados", disse Fitz.

Marv amarrou o cordão da calça. "Não era de esperar que estivessem satisfeitos. Eles foram roubados."

"Aquele puto checheno de dar medo, irritado", disse Fitz,

depois fungou, e Marv tinha certeza de que não era por causa do frio.

"Não, eles são legais. Você é. Só tenha o cuidado de manter a cabeça baixa. Seu irmão também." Ele olhou para Fitz enquanto este amarrava os cadarços dos sapatos. "O que há com o relógio dele?"

"Por quê?"

"Notei que não está funcionando."

Fitz pareceu embaraçado. "Ele nunca funcionou. Nosso velho lhe deu de presente quando ele completou dez anos. Ele parou... digamos, no dia seguinte. O velho não podia devolvê-lo porque ele o tinha roubado. Ele disse a Bri: 'Não se aborreça. Ele marca a hora certa duas vezes por dia'. Bri não vai a lugar nenhum sem ele."

Marv abotoou a camisa sobre sua camiseta colante. "Bem, ele devia arrumar um novo."

"Quando vamos atacar o lugar onde fica guardada a mufa de verdade? Não gosto de arriscar minha vida, a porra da minha liberdade, minha, entende, tudo isso por uma merreca de cinco mil dólares."

Com o casaco no braço, Marv fechou o próprio armário. "Vamos partir do princípio que não sou um babaca sem um plano. Quando um avião sofre um desastre, qual é a linha mais segura na qual se pode voar no dia seguinte?"

"Aquela em que houve o acidente."

Marv lhe deu um grande sorriso de triunfo. "É isso aí."

Fitz o acompanhou quando o outro saiu da sala dos armários. "Não entendo uma palavra do que você está dizendo. É como se você estivesse falando em brasileiro."

"Os brasileiros falam português."

"É mesmo?", disse Fritz. "Bom, que se danem."

6. Via crúcis

DEPOIS QUE TODOS SAÍRAM DA MISSA DAS SETE HORAS, inclusive o detetive Torres, que ao passar lançou a Bob um olhar de franco desprezo, e o padre Regan se recolheu à sacristia para mudar de roupa e lavar os cálices (um trabalho que antes cabia aos coroinhas, mas atualmente já não era possível ter coroinhas na missa das sete horas), Bob continuou em seu banco. O que ele fazia exatamente não era rezar: deixava-se ficar na quietude do silêncio que raras vezes se podia encontrar fora de uma igreja, para refletir sobre uma semana bastante agitada. Bob lembrava-se de anos inteiros em que nada lhe tinha acontecido. Anos em que ele olhava para o calendário esperando ler março, mas em vez disso lia novembro. Nos últimos sete dias, porém, ele achou o cachorro (a que ainda não dera um nome), conheceu Nadia, fora roubado sob a mira de uma arma e recebera a visita de um gângster que torturava homens na parte traseira de uma van.

Olhou para o teto abobadado, olhou para o altar de mármore. Olhou para as estações de via-sacra, cada uma delas situada regularmente entre os santos dos vitrais. A via crúcis, em que cada estação mostra uma escultura representando a última viagem de Cristo no mundo temporal, da condenação à crucificação e ao sepultamento. Havia catorze estações distribuídas na igreja. Bob seria capaz de desenhá-las de memória se tivesse algum talento para o desenho. O mesmo se poderia dizer dos santos representados nos vitrais, a começar por são Domingos, claro, padroeiro das mães esperançosas, que não deve ser confundido com são Domingos, padroeiro das vítimas de acusações falsas e fundador da Ordem Dominicana. A maioria dos membros da paróquia de São Domingos não sabia que havia dois são Domingos e, se algum deles soubesse, não tinha ideia de a qual deles a igreja fora dedicada. Mas Bob sabia. Seu pai, porteiro daquela igreja por muitos anos e o homem mais devoto que Bob conhecera em toda a sua vida, também sabia, claro, e passara a informação ao filho.

Você não me disse, pai, que no mundo havia homens que espancam cães e os deixam morrer em frios latões de lixo nem homens que enfiam pinos de metal nos pés de outros homens.

Eu não precisava lhe dizer isso. A crueldade é mais velha do que a Bíblia. A selvageria já se manifestou no primeiro verão do homem e continuou com ele todos os dias desde então. O mal é a coisa mais comum entre os homens. As coisas boas são muito mais raras.

Bob foi passando pelas estações da via crúcis. Ele parou na quarta, em que Jesus se encontra com Sua mãe enquanto carrega a cruz colina acima, a coroa de espinhos na cabeça, dois centuriões postados atrás d'Ele com seus chicotes, prontos para usá-los, para afastá-lo de Sua mãe, obrigá-lo a subir a colina onde iriam pregá-Lo na mesma cruz que o obrigaram a carregar. Será que aqueles centuriões algum dia se arrependeram? Será que *poderia haver* arrependimento?

Ou alguns pecados eram simplesmente grandes demais?

A Igreja dizia que não. Desde que houvesse um verdadeiro propósito de penitenciar-se, a Igreja dizia que Deus com certeza perdoaria. Mas a Igreja era um meio de interpretação às vezes imperfeito. E se naquele caso a Igreja estivesse errada? E se algumas almas não pudessem ser resgatadas das negras profundezas de seu pecado?

Se o céu tivesse de ser considerado um destino a almejar, então o inferno teria o dobro de almas.

Bob nem se tinha dado conta de que abaixara a cabeça até o momento em que a levantou.

À esquerda da quarta estação da cruz estava santa Ágata, padroeira das enfermeiras e dos padeiros, entre outras coisas, e à direita encontrava-se são Rocco,* padroeiro de solteiros, peregrinos e...

Bob recuou um pouco no corredor central para observar melhor o vitral pelo qual passara tantas vezes que havia muito tempo perdera a capacidade de vê-lo. E ali, no canto inferior direito do vitral, olhando para seu santo e dono, estava um cão.

Rocco, padroeiro dos solteiros, dos peregrinos e... dos cães.

"ROCCO", DISSE NADIA QUANDO ELE LHE CONTOU. "Eu... gosto dele. É um belo nome."

"Você acha? Quase lhe dei o nome de Cassius."

"Por quê?"

"Porque pensei que ele fosse um boxer."**

"E daí?"

"Cassius Clay", ele explicou.

"Ele era lutador de boxe?"

"Sim. E mudou o nome para Muhammad Ali."

"Ouvi falar dele", disse ela. "Não tem um grill com o nome dele?"

"Não, era outro cara."

Bob, Nadia e o recém-batizado Rocco foram andando ao longo de um caminho junto ao rio no Pen' Park. Vez por outra Nadia ia até ali depois do trabalho, e ela e Bob levavam Rocco para passear. Bob sabia que Nadia era um tanto estranha — o fato de o cão ter sido encontrado perto de sua casa e sua falta de

---

* Rocco em português corresponde a são Roque. (N. T.)
** Boxer, além de dar nome à raça de cães, significa pugilista, lutador. (N. T.)

surpresa e de interesse não passaram despercebidos a Bob — mas havia alguém, em algum lugar deste planeta, que não fosse um pouco estranho? Na maioria das vezes até mais do que um pouco? Nadia veio para ajudar com o cachorro, e Bob, que não tinha tido muitas amizades em sua vida, conformou-se com o que apareceu.

Eles ensinaram Rocco a sentar, deitar, escarvar a terra e rolar no chão. Bob leu todo o livro dos monges e seguiu suas instruções. O filhote foi submetido a um tratamento preventivo contra verminose, tosse canina e raiva. Foi vacinado contra parvovirose. Além disso, o veterinário cuidou de todos os danos sérios de sua cabeça. Apenas arranhões profundos, disse ele, apenas isso. Ele foi registrado e cresceu rápido.

Agora Nadia estava ensinando o cão a postar-se ao lado de Bob.

"Certo, Bob, agora pare de vez e diga."

Bob parou e puxou a trela para que Rocco se postasse ao lado de seu pé esquerdo. Rocco quase ficou sufocado pela trela. Então fez uma pirueta e deitou-se de costas.

"Sente-se. Não, Rocco. Sente-se."

Rocco endireitou o corpo e olhou para Bob.

"Certo", disse Nadia. "Nada mau, nada mau. Dê dez passos e faça novamente."

Bob e Rocco foram andando pelo caminho. Bob parou. "Sentado."

Rocco obedeceu.

"Grande garoto", disse Bob fazendo-lhe um afago.

Eles andaram outros dez passos, tentando novamente. Dessa vez Rocco saltou até a altura do quadril de Bob, caiu ao seu lado e rolou várias vezes no chão.

"Sentado", disse Bob. "Sentado."

Eles deram mais dez passos e a coisa funcionou.

Tentaram novamente, mas não deu certo.

Bob olhou para Nadia. "Leva certo tempo, não é?"

Nadia fez que sim. "Alguns mais do que outros. Quanto a vocês dois... acho que vai levar certo tempo."

Pouco depois, Bob tirou a trela de Rocco, e o filhote saltou do caminho, meteu-se entre as árvores e correu de um lado para outro entre os troncos mais próximos do caminho.

"Ele não vai se afastar muito de você", disse Nadia. "Você notou? Ele não tira os olhos de você."

Bob ficou afogueado de orgulho. "Ele dorme sobre minha perna quando estou vendo TV."

"É mesmo?", disse Nadia sorrindo. "Ele ainda anda aprontando na casa?"

"Ah, sim", disse Bob com um suspiro.

Cerca de cem metros parque adentro, eles pararam perto dos toaletes. Nadia entrou no banheiro feminino enquanto Bob recolocava a trela em Rocco e lhe fazia mais uma festinha.

"Que belo cão!"

Bob se voltou e viu um jovem passando por eles. Cabelos escorridos, magro, olhos descorados, uma argolinha de prata no lóbulo da orelha esquerda.

Bob fez um aceno de cabeça para o jovem e deu-lhe um sorriso de agradecimento.

O cara parou no caminho a pouco mais de um metro de distância e disse: "É um belo cão".

Bob respondeu: "Obrigado".

"Um *belíssimo* cão."

Bob olhou para o cara, mas ele já se tinha voltado e estava se afastando. O sujeito pôs uma capa sobre os ombros e sobre a cabeça e começou a andar com as mãos nos bolsos e os ombros encurvados para proteger-se do tempo rigoroso.

Nadia saiu do banheiro feminino e viu algo estranho no rosto de Bob.

"O que é que há?"

Bob fez um gesto com o queixo em direção ao caminho. "Aquele cara ficou dizendo o tempo todo que Rocco era um cão muito bonito."

Nadia disse: "Rocco é um cão muito bonito".

"Sim, mas..."

"Mas o quê?"

Bob deu de ombros e deixou pra lá, embora soubesse que havia algo mais naquela história. Ele sentia isso — alguma coisa na estrutura do mundo acabava de ser danificada.

NAQUELES DIAS, MARV TEVE DE PAGAR POR AQUILO. Depois de meia hora com Fantasia Ibanez, ele saiu e tomou o caminho de casa. Ele se encontrava com Fantasia uma vez por semana no quarto no fundo do prostíbulo comandado por Betsy Cannon, numa das antigas mansões dos diretores de presídio no alto de The Heights. Todas as casas eram estilo vitoriano Segundo Império e tinham sido construídas na década de 1800, quando a prisão era a principal fonte de trabalho em East Buckingham. Há muito a prisão não existia: dela sobraram apenas os nomes — Pen' Park, Justice Lane, Probation Avenue e o bar mais velho do bairro, The Gallows.

Marv desceu a colina, rumou para os Flats, surpreso com o intenso calor daquele dia, prolongando-se agora noite adentro, todas as sarjetas gorgolejando com torrentes de neve derretida, os canos dos esgotos despejando um líquido cinza nas calçadas, as casas de estrutura de madeira com marcas de umidade, como se tivessem passado a tarde suando.

Ao aproximar-se de casa, ele se perguntou como é que se tornara um sujeito que morava com a irmã e pagava por sexo. Naquela tarde, fora visitar seu velho, o sr. Marv, e contou-lhe um monte de mentiras, ainda que o velho nem ao menos se apercebesse de que ele estava na sala. Ele contou ao pai que se aproveitara do fato de o mercado de imóveis estar aquecido e da limitação de licenças para venda de bebidas alcoólicas na cidade: converteu seus bens em dinheiro, vendeu o Bar Cousin Marv por uma boa grana. O bastante para instalar seu pai numa casa muito boa, aquela alemã em West Roxbury, talvez, se molhasse a mão das pessoas certas. E agora ele tinha condições de fazer isso. Quando toda a papelada tivesse sido assinada e o dinheiro liberado pelo banco — "Sabe, pai, os bancos o seguram até começarmos a fazer trambiques para receber o que é nosso" —, Marv poderia cuidar da família de novo, exatamente como fizera em seus bons tempos.

Só que o velho não aceitara o dinheiro dele naquela época. O velho era um puta chato quanto a isso, perguntando a Marv em seu polonês estropiado (Stipler era uma americanização, por sinal não muito boa, de Stepanski) por que ele não poderia trabalhar honestamente como seu pai, sua mãe e sua irmã.

O sr. Marv fora sapateiro, sua mulher trabalhara numa lavanderia durante trinta anos, e Dottie fazia trabalho de escritório para a companhia de seguros Allstate. Marv preferiria vender seu pinto para a ciência a submeter-se a empregos vagabundos por salários vagabundos pelo resto da vida. Para no fim acordar e se perguntar: Que diabo aconteceu?

Não obstante todos os seus conflitos, ele gostava de seu velho, e, esperava ele, vice-versa. Eles viam um monte de jogos do Sox e jogavam juntos na Liga de Boliche uma vez por semana; o velho era um verdadeiro craque e atingia pontuações incríveis. Então ele sofreu o derrame, seguido um ano depois pelo ataque do coração. Três meses depois teve o segundo derrame. Agora o sr. Marvin Stipler estava numa sala escura que cheirava a bolor, e não aquele tipo de bolor que se encontra em paredes úmidas, mas do tipo que dá nas pessoas quando elas se aproximam do fim. Porém Marv alimentava a esperança de que seu velho ainda estava por perto e voltando. E não apenas voltando, mas voltando com um brilho nos olhos. Acontecera um montão de coisas neste mundo. O segredo era não deixar de ter esperança. Não abandonar a esperança e ir atrás de algum dinheiro, colocá-lo num lugar onde acreditassem em milagres, não em estocagem.

Em casa, ele pegou uma cerveja, uma dose de vodca, o cinzeiro, e foi se juntar a Dottie na salinha onde ficava a TV e as confortáveis poltronas reclináveis. Dottie estava degustando uma tigela de sorvete. Ela disse que era a segunda, por isso Marv concluiu que era a terceira. Mas quem era ele para implicar com coisas que davam prazer a uma pessoa? Ele acendeu um cigarro e ficou assistindo a uma propaganda de varredores motorizados de pisos, os diabos zumbindo no soalho de uma dona de casa dentuça, como aparelhos que tivessem se rebelado num filme de ficção científica. Marv imaginou que a dona de casa dentuça iria abrir um closet e surpreender um par de pequenos robôs alienígenas conspirando em voz baixa um com o outro. E então ela seria a primeira a perecer, com cada um dos pequenos desgraçados lançando-se contra ela e reduzindo-a a pedaços.

Marv tinha um monte de ideias como essa. Num daqueles dias ele ficou falando consigo mesmo que deveria anotá-las.

Quando a TV voltou a passar o *American Idol,* Dottie voltou-se em sua poltrona reclinável e disse: "A gente devia participar desse programa".

"Você não sabe cantar", ele lhe lembrou.

Ela fez um gesto com a colher. "Não, o outro, com pessoas que saem pelo mundo procurando pistas."

"*The Amazing Race?*"

Ela fez que sim com a cabeça.

Marv deu-lhe um tapinha no braço. "Dottie, você é minha irmã e eu gosto de você, mas considerando-se meus cigarros e seus sorvetes, eles vão ter de... o quê? Correr ao nosso lado com desfibriladores e aqueles troços que aplicam choques elétricos. A cada dez passos que damos... *Bzzt! Bzzt!*"

A colher de Dottie raspava o fundo da tigela. "Ia ser divertido. Nós veríamos coisas."

"Que coisas?"

"Outros países, outros costumes."

Ocorreu a Marv, quando eles assaltaram o bar, que ele *tinha de* deixar o país. Não havia outra saída. Meu Deus. Dizer adeus a Dottie? Nem ao menos dizer adeus. Simplesmente partir. Caramba, o mundo exigia demais de homens ambiciosos.

"Você viu papai hoje?"

"Passei por lá."

"Eles querem o dinheiro deles, Marv."

Marv olhou em volta da sala. "Quem?"

"A casa", disse Dottie.

"Eles vão conseguir." Marv apagou o cigarro, sentindo-se exausto de repente. "Eles o terão."

Dottie pôs a tigela na mesa entre eles. "Quem está nos acossando são as agências de cobrança, não a casa, sabia? Redução do reembolso para os serviços de saúde, aposentadoria para mim... Eles vão despachá-lo."

"Para onde?"

"Para um lugar pior."

"Existe algum?"

Ela o olhou atentamente. "Talvez já esteja na hora."

Marv acendeu um cigarro, embora sua garganta ainda estivesse irritada por causa do último. "Simplesmente o mate é o que você está dizendo. Nosso pai... ele é um incômodo."

"Ele está morto, Marv."

"É mesmo? Que barulhos são esses que as máquinas estão fazendo? Aquelas ondas na tela do troço? É a vida."

"É eletricidade."

Marv fechou os olhos. A escuridão era cálida, convidativa. "Pus a mão dele em meu rosto hoje, sabe?" Ele abriu os olhos e encarou a irmã. "Consegui ouvir a pulsação de seu sangue."

Os dois ficaram calados por tanto tempo que o *American Idol* passou para uma nova série de comerciais quando Dottie temperou a garganta e abriu a boca.

"Na outra encarnação eu vou para a Europa", disse ela.

Marv olhou nos olhos dela e, com um aceno, agradeceu-lhe.

Depois de um minuto, ele lhe deu um tapinha na perna. "Quer mais um pouco de sorvete?"

Ela lhe passou a tigela.

7. Eric Deeds

QUANDO EVANDRO TORRES TINHA CINCO ANOS DE IDADE, ficou suspenso no ponto mais alto da roda-gigante do Paragon Park, em Nantasket Beach, que teve um problema e emperrou. Os pais dele o deixaram ir sozinho na roda-gigante. Até aquele dia não tinha conseguido entender que diabos eles estavam pensando e tampouco entender por que os funcionários do parque deixaram que uma criança de cinco anos ficasse sozinha numa cadeira a centenas de metros do chão. Mas naquela época, porra, para a maioria das pessoas a segurança de uma criança não era motivo de preocupação; você pediu a seu velho um cinto de segurança; correndo loucamente com um litrão de cerveja Shilitz entre as pernas, ele lhe passou sua gravata, e disse que se virasse.

Então lá estava o pequeno Evandro no ponto mais alto da rotação da roda-gigante quando ela emperrou, sentado sob um sol branco que batia em seu rosto e em sua cabeça como um enxame de abelhas; se ele olhasse para a esquerda via o parque, depois o resto de Hull e, mais adiante, Weymouth. Ele podia enxergar até partes de Quincy. À sua direita, porém, estava o oceano — o oceano e então as Harbor Islands, seguidas pelo *skyline* de Boston. E ele percebeu estar vendo as coisas da forma como Deus as via.

Ele sentia um frio só de pensar em quão pequenas e frágeis todas as coisas eram — cada edifício, cada pessoa.

Quando eles conseguiram fazer a roda-gigante funcionar novamente, e ele por fim foi levado para baixo, chorava porque a altura o assustara. E a verdade é que ele nunca mais haveria de gostar de altura; mas não era essa a causa de seu choro. Ele chorava — e fez isso por tanto tempo que quando voltavam para casa, seu pai, Hector, ameaçou jogá-lo para fora do carro sem diminuir a velocidade — porque ele entendia que a vida era finita. Sim, sim, ele iria lhe contar a sensação de aviltamento depois de seu segundo rebaixamento. Eu sei — todos sabemos que a vida acaba. Mas na verdade não sabemos. Em algum recesso de nossa cabeça, achamos que vamos superar isso. Achamos que vai acontecer alguma coisa para mudar isso — uma nova descoberta científica, a Segunda Vinda, ETs, *alguma coisa* — e vamos viver para sempre. Mas aos cinco anos — no diabo dos *cinco* anos — ele viu com uma clareza cristalina que ele, Evandro Manolo Torres, iria morrer. Talvez não naquele dia. Mas, quem sabe... sim.

Esse conhecimento pôs um relógio a tiquetaquear no centro de sua cabeça e, em seu coração, um sino que tocava a toda hora.

E então Evandro rezava. E ia à missa. E lia a Bíblia. E tentava comungar todos os dias com Nosso Senhor e Salvador, o Pai Celeste.

E bebia muito.

E por algum tempo ele também fumou demais e cheirou cocaína, ambos hábitos degradantes; agora, pensando em retrospecto, já fazia mais de cinco anos.

Amava sua mulher e seus filhos e tentava garantir que eles soubessem disso e o sentissem todos os dias.

Mas não era o bastante. O vácuo — o diabo da brecha, do buraco, o abscesso no meio dele — não iria se fechar. Fosse lá o que fosse que o mundo visse quando olhava para ele, quando Evandro olhava para si mesmo via um homem correndo para um ponto do horizonte que nunca iria alcançar. E um dia, no meio da correria, as luzes simplesmente iriam se apagar, para nunca mais voltarem a se acender. Não neste mundo.

E isso fazia o relógio bater mais rápido e o sino tocar mais alto, fazia Evandro Torres sentir-se enlouquecido, desamparado e precisando de alguma coisa — qualquer coisa — que o ancorasse no momento presente.

Esse algo, desde que ele se tornou adulto o bastante para tomar conhecimento dele, era a carne.

E foi assim que ele se encontrou na cama de Lisa Romsey pela primeira vez em dois anos, os dois entregando-se àquilo como se a coisa nunca tivesse parado, encontrando seu ritmo mesmo antes de se jogarem no colchão, hálito e pele cheirando a álcool, mas era hálito quente e pele quente. E quando atingiu o orgasmo, Evandro o sentiu até no menor dos ossos de seu corpo. Lisa gozou na mesma hora que ele, e o gemido que escapou de sua garganta foi tão alto que abalou o teto.

Ele levou quatro segundos para sair dela e mais cinco para arrepender-se de ter começado aquilo.

Ela se sentou na cama e estendeu a mão para a garrafa de vinho tinto da mesinha de cabeceira. Bebeu da garrafa e disse: "Meu Deus". Ela disse: "Cara". Ela disse: "Merda".

Passou a garrafa a Torres.

Ele tomou um gole. "Ei, isso acontece."

"Mas não significa que devia acontecer, seu babaca."

"Por que sou o babaca?"

"Porque você é casado."

"Não bem casado."

Ela pegou a garrafa de volta. "Você quer dizer que não é um casamento feliz."

"Não", disse Torres. "Quero dizer que no geral somos felizes, mas não somos muito fiéis. É como a porra da teoria das cordas da física moderna. Cara, tenho que olhar nos olhos do meu confessor amanhã e confessar esta merda."

Romsey disse: "Você é o pior católico de que tenho notícia".

Diante disso, Torres arregalou os olhos e riu. "Não estou nem perto disso."

"Como isso é possível, Pecador?"

"O problema não é pecar", explicou ele. "O problema é aceitar que você nasceu caído e a vida está tentando remediar isso."

Romsey revirou os olhos. "Por que você não tira a bunda de minha cama e vai embora?"

Torres suspirou e levantou-se de sob os lençóis. Sentou se na beira da cama, vestiu a calça, procurou a camisa e as meias. Ele surpreendeu Romsey no espelho observando-o e sabia que, por mais que resistisse, ela gostava dele.

Obrigado, Jesus, pelos pequenos milagres.

Romsey acendeu um cigarro. "Depois que você saiu no outro dia, fiquei observando o bar que você frequenta, o Cousin Marv's."

Torres achou uma meia, mas não a outra. "E aí?"

"Relacionaram o bar a um caso não resolvido há uma década."

Torres parou de procurar a meia por um instante. Ele levantou a vista da cama e olhou para ela. "Você não está brincando?"

Ela estendeu a mão para trás de si e pegou uma coisa que ele não conseguiu distinguir o que era. Fez um movimento rápido com o pulso, e a meia dele foi parar perto de seu quadril. "Um cara chamado Richard Whelan saiu de lá certa noite, e ninguém mais tornou a vê-lo. Se você resolvesse um caso de assassinato velho de dez anos, Evandro?"

"Eu poderia encaminhar o caso de volta ao Departamento de Homicídios."

Ela franziu o cenho. "Você nunca vai fazer isso."

"Por que não?"

"Nun-ca."

"Por que não?", repetiu ele. Ele sabia a resposta, tinha a esperança de que a coisa de algum modo tivesse mudado.

Os olhos dela se arregalaram. "Porque quem está encarregado do caso é Scarpone."

"E daí?"

"E você fodeu com a mulher dele, seu panaca. Depois levou a mulher para a casa dela, dirigindo bêbado, em serviço, e escangalhou a viatura que estava dirigindo."

Torres fechou os olhos. "Certo, não vou poder encaminhar o caso para o Departamento de Homicídios."

"Mas se você resolver esse tipo de caso antigo, pode ir parar no Departamento de Crimes Graves."

"Você acha?"

Ela lhe sorriu. "Acho."

Torres calçou a meia, gostando muito daquela ideia.

Eu estava perdido, ele diria no dia de sua transferência, mas agora me encontrei.

MARV SAIU DO COTTAGE MARKET COM DOIS CAFÉS, um saquinho de bolinhos, o *Herald* debaixo do braço e dez bilhetes de raspadinha da loteria Mass Millions no bolso do casaco.

Muito tempo atrás, no momento mais difícil e de maior orgulho de sua vida, Marv largou a cocaína. Ele ganhara um bom dinheiro inesperadamente e fez a coisa certa — pagou suas dívidas e acabou com aquela porcaria. *Até* aquele dia, porém, fora um diabo dum degenerado sem dignidade nenhuma e sem nenhum controle. Mas uma vez paga a dívida, recuperou a dignidade. Desde então, deixou seu corpo num ponto em que só prostitutas iriam foder com ele, e provavelmente era verdade que ele queimara mais relacionamentos do que muita gente tem cabelos, mas agora ele tinha sua dignidade.

Levava consigo também os dez bilhetes de loteria que rasparia, sem pressa, naquela noite, enquanto Dottie assistisse a *Survivor* ou *Undercover Boss* ou qualquer diabo de *reality* show que estivesse passando naquela noite.

Quando ele desceu do meio-fio, um carro foi diminuindo a velocidade na frente dele.

Então parou.

A janela do passageiro rangeu enquanto o vidro descia.

O motorista debruçou-se sobre o banco e disse: "Ei".

Marv olhou para o carro, depois para o cara. O carro era um Jetta de 2011 ou coisa assim. Tipo de carro para garotos de faculdade, mas aquele cara tinha pouco mais de quarenta anos. Havia nele algo notoriamente passível de ser esquecido, um rosto tão delicado que a gente não era capaz de determinar suas feições nem quando elas estavam bem na sua frente. Marv deu uma sacada no cara — cabelos castanhos-claros, olhos castanhos-claros, roupas cor de canela.

O cara disse: "Pode me dizer onde é o hospital?".

Marv disse: "Você tem de fazer uma curva em U e voltar duas, três milhas. Fica à esquerda".

"À esquerda?"

"Sim."

"Minha esquerda."

"Sua esquerda."

"Não a sua."

"Estamos olhando na mesma direção."

"Estamos?"

"Falando em termos gerais."

"Certo, então", disse o cara sorrindo para ele. Poderia ser um sorriso de agradecimento, mas podia ser outra coisa, algo meio incômodo, impossível de definir. Impossível de dizer. Com os olhos ainda fitando Marv, ele segurou o volante e fez uma curva em U perfeita.

Marv ficou olhando ele partir e tentou ignorar o suor que lhe escorria pelas coxas, num dia de temperatura baixa.

BOB SACUDIU OS OMBROS, pronto para mais um dia no bar. Foi para a cozinha, onde Rocco estava dando cabo de um biscoito para cachorro. Encheu a tigela de água de Rocco, olhou em volta da cozinha até descobrir o pato amarelo de brinquedo de mascar que Rocco carregava para toda parte. Ele o colocou no canto da casinha, pôs a tigela de água no outro canto e bateu os dedos de leve.

Bob disse: "Venha, garoto. Casinha".

Rocco correu para dentro da casinha e se enroscou no pato amarelo. Bob deu-lhe um tapinha na cara e fechou a porta.

"Vejo você à noite." Bob passou pelo corredor rumo à porta da frente e a abriu.

O cara que estava na entrada era magro. Não magro fraco. Magro duro. Como se o que quer que queimasse dentro dele queimasse tão forte que a gordura não resistiria. Seus olhos azuis, muito claros, eram quase cinzentos. Os cabelos escorridos eram tão loiros quanto o cavanhaque que ia dos lábios até o queixo. Bob o reconheceu de imediato — o cara que outro dia passara por ele no parque e dissera que Rocco era um belo cão.

Olhando com mais atenção, notou que não se tratava de um rapaz. Provavelmente trinta anos, quando visto mais de perto.

Ele sorriu e estendeu a mão. "Sr. Saginowski?"

Bob apertou a mão do outro. "Sim."

"Bob Saginowski?" O homem sacudiu a mão grande de Bob com sua mão pequena, e havia muita força naquele aperto.

"Sim."

"Eric Deeds, Bob." O sujeito largou a mão dele. "Acho que você está com o meu cachorro."

Bob sentiu como se tivesse sido golpeado no rosto com um saco de gelo. "O quê?"

Eric Deeds abraçou o próprio corpo. "Brrr. Aqui fora está frio, Bob. Não é adequado para um homem nem... A propósito, onde ele está?"

Ele quis passar por Bob. Bob se postou na frente do cara. Este mediu Bob de alto a baixo e sorriu.

"Aposto como ele está lá atrás. Você o mantém na cozinha? Ou lá embaixo, no porão?"

"De que é que você está falando?"

"Do cachorro", respondeu Eric.

Bob disse: "Olhe, outro dia você gostou do meu cachorro no parque, mas...".

Eric disse: "O cachorro não é seu".

Bob disse: "O quê? Ele é meu sim".

Eric balançou a cabeça do jeito que fazem as freiras quando pegam a gente numa mentira. "Você tem um minuto para conversar?" Ele levantou o indicador. "Só um minuto."

NA COZINHA, ERIC DEEDS disse: "Ei, lá está ele. É o meu garoto". E acrescentou: "Ele cresceu: a estatura dele".

Quando Bob abriu a casinha, doeu-lhe o coração ver Rocco precipitar-se em direção a Eric Deeds. Rocco chegou a pular em seu colo quando Eric, sem ter sido convidado, sentou-se à mesa de Bob e deu tapinhas na parte interna da coxa de Rocco duas vezes. Bob nem saberia dizer como o sujeito entrara na casa; ele era simplesmente um daqueles sujeitos que se impunham a ele, como policiais e caminhoneiros: ele queria entrar e ia entrando.

"Bob", disse Eric, "você conhece uma franga chamada Nadia Dunn?" Ele passou a mão na barriga de Rocco. Bob sentiu uma pontada de inveja quando Rocco deu uma patada em sua perna esquerda, ainda que um constante tremor — quase uma paralisia — se espalhasse em seu pelo.

"Nadia Dunn?", perguntou Bob.

"Não é que eu conheça tantas Nadias que esteja confundindo os nomes delas, cara." Eric Deeds coçou por baixo o queixo de Rocco. As orelhas e a cauda de Rocco ficaram grudadas em seu corpo. Ele parecia envergonhado, os olhos voltados para dentro.

"Eu a conheço", Bob disse, depois tirou Rocco do colo de Eric e o pôs em seu próprio colo, coçando-lhe a parte de trás das orelhas. "Algumas vezes ela me acompanhou em passeios com Rocco."

Agora a coisa era entre eles dois. Bob tirara o filhote do colo de Eric sem avisar. Eric ficou olhando para ele só por um segundo como se dissesse: "Que merda é isso?". Eric ainda tinha um sorriso no rosto, mas agora já não era amplo e também não expressava nenhuma alegria. Sua testa se estreitou, o que deu a seus olhos um ar de surpresa, como se eles nunca tivessem esperado achar-se em seu rosto. Naquele instante, ele pareceu cruel, o tipo de cara que, quando lamentava a própria sorte, ficava puto com o mundo todo.

"Rocco?", disse ele.

Bob fez que sim, enquanto Rocco desprendia as orelhas da cabeça e lambia o punho de Bob. "É o nome dele. Como você o chamava?"

"Eu o chamava principalmente de Cachorro. Às vezes de Cão."

Eric Deeds olhou em volta da cozinha, olhou para a lâmpada fluorescente no teto, algo que remontava ao tempo da mãe de Bob; diabo, o pai de Bob naquela época também andava obcecado com apainelamento — apainelou a cozinha, a sala de estar, e teria apainelado o toalete se tivesse imaginado como fazer isso.

"Bob, vou querer meu cão de volta."

Por um segundo, Bob ficou sem saber o que dizer. "Ele é meu", disse finalmente.

Eric balançou a cabeça. "Você estava ficando com ele por um tempo para mim." Ele olhou para o cão nos braços de Bob. "Esse tempo acabou."

"Você o espancou."

Eric enfiou a mão no bolso, tirou um cigarro e o pôs na boca. Ele o acendeu, sacudiu o fósforo e o jogou na mesa da cozinha de Bob.

"Você não pode fumar aqui."

Eric encarou Bob e continuou fumando. "Eu o espanquei?"

"Espancou sim."

"Ah. E daí?" Eric jogou um pouco de cinza no chão. "Vou levar o cachorro, Bob."

Bob ergueu o corpo o máximo que pôde. Ele segurava Rocco

com firmeza. Este se contorcia um pouco em seus braços e mordiscava a palma de sua mão. Se fosse necessário, resolveu Bob, ele iria lançar seu um metro e noventa e noventa e três quilos contra Eric Deeds, que devia pesar pouco mais de setenta e cinco quilos. Não agora, não simplesmente estando ali. Mas se Eric tentasse pegar Rocco, bem, então...

Eric Deeds sorriu para ele. "Você quer dar uma de durão pra cima de mim, Bob? Sente-se. Francamente." Eric recostou-se na cadeira e soprou um jato de fumaça em direção ao teto. "Eu lhe perguntei sobre Nadia porque conheço a Nadia. Ela mora no mesmo conjunto que eu desde que éramos crianças. Uma coisa engraçada sobre os bairros é que você pode não conhecer um monte de gente, principalmente se não são da sua idade, mas você conhece *todo mundo* que mora no seu conjunto." Ele olhou para Bob enquanto este se sentava. "Eu vi você naquela noite. Eu não estava de muito bom humor, sabe? Então voltei para ver se o cão estava realmente morto e vi você tirá-lo do lixo e subir à varanda de Nadia. Você está na dela, Bob?"

Bob disse: "Acho mesmo que você deve ir embora".

"Não o censuraria por isso. Ela não é nenhuma beldade, mas também não é uma megera. E você não é nenhum gato, é, Bob?"

Bob tirou o celular do bolso e o abriu. "Vou ligar para a polícia."

"Fique à vontade", disse Eric com um gesto de assentimento. "Você o registrou e tudo mais? A prefeitura determina que você tem de registrar seu cão, conseguir uma licença. Que tal um chip?"

Bob disse: "O quê?".

Eric disse: "Um chip de segurança. Eles o implantam nos cães. Totó desaparece, aparece num veterinário, o veterinário faz uma varredura eletrônica nele, aí aparece um código de barras e todas as informações sobre o dono. Enquanto isso, o dono está andando por aí com uma folha de papel com o número de segurança do chip. É assim".

Eric tirou uma tirinha de papel da carteira e estendeu-a para que Bob pudesse vê-la. Tinha o código de barras e tudo o mais. Ele a recolocou na carteira.

Eric disse: "Você está com meu cachorro, Bob".

"O cachorro é meu."

Os olhos de Eric procuraram os de Bob. Eric balançou a cabeça.

Bob atravessou a cozinha levando Rocco. Quando ele abriu a casinha, sentiu os olhos de Eric Deeds em suas costas. Pôs Rocco dentro da casinha e o acomodou. Voltou-se para Eric e disse: "Agora nós vamos indo".

"Vamos?"

"Sim."

Eric bateu as mãos nas próprias coxas e se levantou. "Então acho que nós vamos, não é?"

Ele e Bob atravessaram o corredor escuro e se encontraram novamente no vestíbulo.

Eric viu um guarda-chuva no descanso à direita da porta da frente. Ele o pegou e olhou para Bob. Ele abriu e fechou o guarda-chuva algumas vezes.

"Você o espancou", repetiu Bob, porque aquilo lhe parecia um detalhe importante.

"Mas vou dizer à polícia que foi você quem o espancou", continuou Eric, abrindo e fechando o guarda-chuva, agitando um pouco o tecido da cobertura.

Bob disse: "O que é que você quer?".

Eric deu aquele seu sorrisinho, enrolou a correia em volta do guarda-chuva até que ela ficasse apertada. Abriu a porta da frente, olhou para fora, depois para Bob.

Eric disse: "Agora o sol abriu, mas a gente nunca sabe".

Quando chegou à calçada, Eric Deeds tomou um grande trago de ar e foi andando pela rua, sob o céu luminoso, com o guarda-chuva debaixo do braço.

8. Regras e regulamentos

ERIC DEEDS NASCEU e foi criado (se se pode dizer assim) em East Buckingham, mas passou alguns anos fora — anos difíceis — antes de voltar, pouco mais de um ano atrás, para a casa onde cresceu. Naqueles anos em que estivera fora, porém, ficou na Carolina do Sul.

Ele voltou para lá para cometer um crime, mas a coisa não funcionou muito bem, e a consequência foi o dono de uma loja de penhores com sangramento no crânio e impedido de falar; um dos parceiros de Eric foi baleado, e lá ficou o sujeito morto, com aparência estúpida, fustigado pela chuva da primavera. Eric e outro camarada foram mandados para a Casa de Correção de Broad River para cumprir três anos.

Eric não tinha estrutura para suportar dificuldades, e em seu terceiro dia de confinamento se viu no meio de uma confusão no refeitório. Ele levantou a mão assustado e conseguiu bloquear uma lâmina que vinha no ar; a lâmina atravessou sua mão, mas não atingiu a cabeça de um cara chamado Padgett Webster.

Padgett era um traficante de drogas respeitado em Broad River. Padgett se tornou o protetor de Eric. Ainda que ele jogasse Eric no colchão e enfiasse em sua bunda um pinto do tamanho e da grossura de um pepino, Padgett garantiu a Eric que tinha uma dívida para com ele. E não iria esquecer. Eric devia procurá-lo quando fosse libertado e cobrar o favor: alguma coisa para recomeçar a vida depois do período de prisão.

Padgett foi solto seis meses antes de Eric, que ficou um tempo sozinho e pôde refletir sobre as coisas. Pensar sobre sua vida, sobre os caminhos transversos que o levaram àquela situação. O companheiro que lhe sobrara da aventura — Vinny Campbell, que veio para cá de Boston e se ferrou junto com ele — pegou mais um ano de cadeia por meter um martelo no cotovelo de outro prisioneiro na oficina de carpintaria. Ele fez isso por causa dos Aryans, seus novos irmãos. Em troca eles o viciaram em heroína, e Vinny agora mal falava com Eric, simplesmente topava com ele com seu bando *skinhead*, olheiras caídas, pretas como café.

Em Broad River, eles eram brinquedos com membros quebrados, fios das baterias rebentados, o estofo exposto. Mesmo que fossem consertados, aqueles brinquedos não seriam bem-vindos no quarto das crianças.

A única chance que sobrara a Eric para se virar no mundo era criar seu próprio código de leis. Leis só para ele. Ele o fez certa noite em sua cela, e elaborou uma cuidadosa lista de nove regras. Eric as escreveu numa folha de papel, dobrou-a e saiu da casa de correção de Broad River com a folha no bolso de trás, as dobras amassadas de tanto desdobrar e tornar a dobrar.

No DIA SEGUINTE AO DE SUA LIBERTAÇÃO, ele roubou um carro. Conduziu-o até uma loja à margem da rodovia interestadual e roubou uma camisa havaiana duas vezes maior do que seu número e dois rolos de fita adesiva para embalagens. Ele economizou os trocados que tinha para comprar uma arma de um cara cujo nome lhe deram em Broad River. Então ligou para Padgett de uma cabine pública na frente de um motel em Bremeth e combinou algumas coisas, o calor emanando do chão alcatroado e fazendo as árvores gotejarem.

Passou o resto do dia em seu quarto, lembrando-se do que o

psiquiatra da prisão tinha dito: que ele não era mau. Sua cabeça não era má. Ele sabia que ela não era; passou um bocado de tempo vagando pelos recessos róseos de sua mente. Ele era simplesmente confuso, dolorido e cheio de peças deformadas, como um ferro-velho. Fotografias fora de foco, um tampo de mesa de vidro engordurado, uma pia metida diagonalmente entre duas paredes de blocos de concreto de cinzas, a vagina de sua mãe, duas cadeiras de plástico, um bar mal iluminado, trapos marrons sujos, uma tigela com amendoins, os lábios de uma mulher dizendo *Gosto de você, gosto mesmo,* uma cadeira de balanço branca de plástico duro, uma bola de beisebol despedaçada contra o céu azul-acinzentado, a grade de um esgoto, um rato, dois chicletes Charleston apertadas numa mãozinha pequena e suada, uma cerca alta, um vestido bege de algodão jogado no banco de trás de vinil de um carro, um cartão desejando melhoras assinado por toda a turma do sexto ano, um dique de madeira com o lago agitando-se lá embaixo, um par de tênis molhados.

A lista estava em seu bolso de trás quando ele foi andando até a casa de Padgett à meia-noite. As árvores gotejavam na escuridão, gotejavam na calçada de pedras quebradas com um ruído suave e contínuo. Todo o estado gotejava. Eric achava que tudo estava úmido demais. Enlameado. Meia-noite, e ele sentia a umidade gotejando em sua nuca, deixando manchas escuras em sua camisa sob as axilas.

Ele não via a hora de ir embora dali. Queria deixar para trás, o mais rápido possível, Broad River, as figueiras-de-bengala, o cheiro de plantações de tabaco que travava a garganta, fábricas têxteis e toda aquela gente negra — gente negra, por toda parte, rabugenta, ladina, andando com uma vagareza enervante, e o constante gotejar do Sul da América.

Ansiava por voltar para as ruas pavimentadas com pedra, um toque de outono no ar da noite e uma lanchonete decente. Voltar a bares que não tocavam música country e ruas onde um terço dos carros não era de picapes e as pessoas não falavam de forma tão arrastada que a gente não conseguia entender metade do que elas diziam.

Eric tinha vindo pegar um quilo de heroína de má qualidade. Iria vendê-la no norte, mandar o dinheiro de volta a Padgett numa proporção de sessenta-quarenta, sendo os sessenta de Padgett, os quarenta de Eric, mas mesmo assim um bom negócio, porque Eric não tinha de bancar o preço do produto. Padgett estava apenas lhe pagando, em confiança, a dívida pelo que Eric fizera com a mão.

Padgett abriu a porta para uma varanda de tela, e a pequena habitação rangeu ao impacto de um vento que passou entre as árvores. A varanda era iluminada por uma luz verde e cheirava a cachorro molhado, e Eric viu uma sacola de carvão colocada à direita da porta, ao lado de um fogareiro japonês enferrujado e uma caixa de papelão cheia de garrafas de vinho e garrafinhas de uísque Early Times.

Padgett disse: "Você não é uma figura, garoto?", e deu-lhe um tapinha no ombro. Padgett era esbelto e rijo, os músculos encrespados com cartilagens. Seus cabelos, quase todos brancos, pareciam neve numa região carbonífera, e ele cheirava ao calor e à brisa impregnada do cheiro de banana. "Um branco por aqui. Faz tempo que não aparece um tipo como você por estas bandas."

Para chegar ali, Eric seguiu a principal pista através da cidade suja, pegou à direita depois das linhas de trem, passou por trás de três postos de gasolina, um bar e um 7-Eleven. Dirigiu por três milhas através de estradas de terra cortadas por becos sujos, florestas de eucaliptos caindo sobre cabanas de caça abandonadas, a última face branca em algum lugar lá atrás, antes dos trilhos do trem e a mil anos de distância. A cada quatro quarteirões de casas em declive e campos escuros remexidos, talvez um único poste de iluminação com a luz funcionando. Sujeitos em varandas desmoronadas bebendo cerveja barata e fumando cigarros comuns, mas com maconha em lugar de tabaco, montes de carros enferrujando em meio a caóticas hastes de relva, enquanto moças com ossos proeminentes arrastavam os pés passando por janelas quebradas, expostas, com bebês aos ombros. Meia-noite, e toda aquela área letargicamente acordada, esperando que alguém chegasse para desligar o calor.

Enquanto entravam na casa, ele disse a Padgett: "Cara, aqui tem um bocado de umidade".

"Porra, é verdade", disse o velho. "Temos bastante mesmo. Como você está, cara?"

"Tudo bem." Eles passaram por uma sala de estar ondulada e desagradável por causa do calor, e Eric lembrou-se de que Padgett costumava deitar-se em cima dele e sussurrar-lhe ao ouvido: "Meu negrinho branco", os dedos agarrando-lhe os cabelos.

"Essa é a Monica", disse Padgett quando eles entraram na cozinha. Ela estava sentada a uma mesa, encostada de comprido contra uma janela, feições desfeitas e articulações nodosas, olhos tão grandes e mortos como um par de esgotos de pia, pele esticada sobre os ossos. Pelas conversas em sua cela, Eric sabia que ela era a mulher de Padgett, mãe de quatro filhos que havia muito tinham ido embora dali, e que à direita de sua mão havia uma espingarda cerrada pendendo de ganchos atarraxados na parte de baixo da mesa.

Monica tomou um gole de seu ponche, fez uma careta de reconhecimento, voltou a folhear uma revista que estava junto ao seu cotovelo.

Regra Número Um, pensou Eric. Lembre-se da Regra Número Um. "Não ligue para ela", disse Padgett enquanto abria a geladeira. "Ela fica mal-humorada entre as onze horas da manhã, mais ou menos, e o meio-dia do dia seguinte." Ele passou a Eric uma lata de cerveja Milwaukee's Best tirada de um verdadeiro pelotão delas que ocupava toda a prateleira de cima, pegou uma para si mesmo e fechou a porta.

"Monica", disse ele, "esse é o homem de quem lhe falei, o neguinho que salvou minha vida. Mostre a mão a ela, cara."

Eric ergueu a palma na frente do rosto dela, mostrou-lhe as

cicatrizes ressaltadas no ponto em que a lâmina a atravessou. Monica fez um leve gesto de cabeça, e Eric abaixou a mão. Ele ainda não se sentia confortável ali, embora tudo estivesse indo bem.

Monica voltou os olhos para a revista, virou uma página. "Eu sei quem é ele, velho pirado. Você não parou de falar daquele lugar desde que saiu de lá."

Padgett deu a Eric um sorriso radiante. "E então, há quanto tempo você saiu?"

"Hoje." Eric tomou uma boa golada de sua cerveja.

Eles passaram alguns minutos falando sobre Broad River. Eric informou a Padgett sobre algumas lutas pelo poder a que ele não assistira, a maioria delas sem consequências, contou-lhe do idiota que foi mandado embora numa licença médica depois de roubar do prisioneiro errado, e que começou a pensar que sua pele tinha ficado roxa e arrancou fora várias unhas dos dedos esfregando-as contra o muro do pátio. Padgett procurou arrancar dele as fofocas que pôde, e Eric lembrou-se do velho tagarela que Padgett sempre fora, sentando-se todas as manhãs perto dos aparelhos de ginástica, acompanhado dos prisioneiros antigos, todos falando pelos cotovelos como se estivessem num *talk show*.

Padgett jogou as latas vazias num cesto de lixo, pegou mais duas e passou uma para Eric. "Eu lhe disse que na divisão da grana seria oitenta para mim e vinte para você, certo?"

Eric sentiu o ar pesar na sala. "Você disse sessenta-quarenta."

Padgett inclinou-se para a frente arregalando os olhos. "E eu na linha de frente do negócio? Cara, você pode ter salvado minha vida, mas, porra..."

"Eu só estava lhe dizendo o que você me falou."

"O que você *acha* que *ouviu*", disse o velho. "Não, não. Vai ser na proporção de oitenta-vinte. Mandar você sair pela minha porta com um bocado de muamba sem saber se vou tornar a ver você? É um bocado de confiança, cara. Uma carrada de confiança."

"Você tem razão", disse Monica, olhos na revista.

"Sim. É oitenta-vinte."

Os olhos vivazes de Padgett diminuíram, mostrando insatisfação. "Estamos entendidos?"

"Claro", disse Eric, sentindo-se pequeno, sentindo-se branco. "Claro, Padgett, assim está bem."

Padgett lhe deu outro daqueles sorrisos de cem watts. "Sim. Eu poderia dizer noventa por dez e, francamente, o que você podia fazer, não é mesmo?"

Eric deu de ombros, bebeu mais cerveja, olhos na pia.

"Eu disse: *'Não é mesmo?'*."

Eric olhou para o velho. "Você tem razão, Padgett."

Padgett balançou a cabeça, bateu sua lata de cerveja na de Eric e tomou um gole.

Regra Número Dois, Eric lembrou a si mesmo. Nunca esqueça esta. Nem por um segundo em toda a sua vida.

Um cara esguio num roupão de banho multicolorido e meias marrons entrou na cozinha fungando, um pedaço de tecido colado ao lábio superior. Jeffrey, pensou Eric, o irmão mais novo de Padgett. Padgett lhe disse certa vez que, *pelo que ele sabia*, Jeffrey matara cinco homens, disse que aquilo não significava mais para ele do que dar uma nadada. Disse que se Jeffrey tivesse uma alma, teriam de mandar uma equipe de busca para tentar achá-la.

Jeffrey tinha os olhos apáticos de uma toupeira, e eles se voltaram para o rosto de Eric. "Como vai? Está tudo bem?"

Eric disse: "Estou bem, e você?".

"Beleza." Jeffrey bateu o tecido de leve no nariz, sugou com força pelas narinas, abriu um armário acima da pia e pegou um frasco de xarope Robitussin. Tirou a tampa com um rápido movimento do polegar, inclinou a cabeça para trás e bebeu metade do frasco.

"Como você está se sentindo de verdade?", perguntou Monica, olhos ainda na revista, mas foi a primeira vez que mostrou interesse em alguma coisa ou em alguém desde que Eric entrara na casa.

"Não muito bem", disse Jeffrey. "Essa filha da puta me pegou e não quer ir embora."

"Você devia tomar um pouco de sopa", disse Monica. "Enrole-se numa manta."

"Sim", disse Jeffrey. "Sim, tem razão." Ele tornou a tampar o frasco de xarope e o recolocou no armário.

Padgett disse: "Você fala com aquele negro?".

"Que negro?"

"Aquele que está sempre na frente da loja Pic-N-Pay."

Regras Números Três e Cinco, repetiu Eric em sua cabeça como um mantra. Três e Cinco.

"Eu falei com ele", disse Jeffrey aspirando com força novamente pelo nariz, encostando o tecido de leve sob ele.

"E daí?"

"E daí o quê? O negro está sempre no mesmo lugar todos os dias. Ele não vai a canto nenhum."

"Não é com ele que estou preocupado. É com os amigos dele."

"Amigos", disse Jeffrey balançando a cabeça. "Os amigos daquele maconheiro não são problema."

"Como você sabe?"

Jeffrey tossiu várias vezes nas costas da mão, o peito sacudindo-se como cutelos empurrados sobre um monte de calotas de pneus. Ele enxugou os olhos e olhou para Eric, como se o estivesse vendo pela primeira vez.

De repente viu algo no rosto de Eric de que não gostou.

Ele disse a Padgett: "Você revistou esse cara?".

Padgett fez um gesto com a mão. "Ora, olhe só para ele. Ele não quer confusão."

Jeffrey escarrou dentro da pia. "Você está marcando bobeira, velho."

"É o que eu estava dizendo", disse Monica numa voz cansada e monótona, passando outra página da revista.

"Garoto branco", disse Jeffrey atravessando a cozinha. "Vou revistar você, meu velho."

Eric pôs a cerveja num canto da parte de cima do fogão e levantou os braços.

"Vou tentar não passar a gripe para você", disse Jeffrey enfiando o tecido no bolso do roupão. "Você também não ia gostar desta merda." Suas mãos pressionaram o peito de Eric, depois a cintura, testículos, a parte interna das coxas e os tornozelos. "A cabeça da gente fica cheia. Sinto como se um filha da puta de um gato tivesse caído dentro da minha garganta e estivesse tentando subir por ela usando as garras." Jeffrey tateou rápido e confiantemente a parte inferior das costas de Eric e fungou.

"Tudo bem, você está limpo." Ele se voltou para Padgett: "Isso é tão difícil, velho?".

Padgett voltou os olhos para Jeffrey.

Eric coçou a nuca e se perguntou quantas pessoas morreram naquela casa. Como já o fizera muitas vezes na prisão, ele se admirava de quão aborrecidos e grosseiros poderiam ser os piores lados das pessoas. A luz acima de sua cabeça atravessava seu couro cabeludo, espalhava calor em seu cérebro.

Jeffrey disse: "Onde está o diabo do gim?".

Padgett apontou para uma garrafa de Seagram na prateleira acima do fogão.

Jeffrey pegou a garrafa e um copo. "Mas eu disse a você para deixá-la no freezer. Gosto do meu gim gelado, cara."

Padgett disse: "Você precisa dar uma saída e comprar um xale. Está virando uma pobre velhinha, Jeffrey".

A sala balançou um pouco quando Eric coçou a nuca, os dedos deslizando por trás do colarinho e entre as omoplatas. Ele se sentiu quente, sua cabeça martelava e sua boca ficou seca. Muito seca. Como se ele nunca mais fosse tomar mais nenhum drinque até morrer. Ele viu sua lata de cerveja no lugar onde Jeffrey a jogara ao revistá-lo. Pensou em pegá-la, depois percebeu que não tinha condições de fazer isso.

"O que ouço todos os dias, meu velho, é que sua boca não

para. Fica matraqueando como uma porra de sei lá o quê. Mas matraqueando."

Padgett bebeu sua cerveja Old Mil', amassou a lata e abriu a geladeira para pegar outra.

Jeffrey deixou seu drinque em um lado da pia, voltou-se para Eric e disse: "Negro, *o que é*?", num tom de surpresa desarmada quando Eric tirou a mão das costas da camisa, com uma pequena 22 com uma ponta de fita adesiva ainda colada ao cano, a carne da parte superior de sua espinha ardendo no lugar de onde a fita tinha sido arrancada. Ele atirou em Jeffrey logo abaixo do pomo--de-adão, e Jeffrey desabou para debaixo da pia.

Ele encaixou a segunda bala na parede ao lado do ouvido de Monica, e ela enfiou a mão debaixo da mesa, abaixou-se, enfiou o queixo entre as coxas, e Eric mandou-lhe um balaço no alto de seu crânio. Por um segundo, talvez, ele parou, fascinado pelo pequeno buraco que apareceu na cabeça dela, mais escuro que todos os buracos que tinha visto na vida, mais preto que o cabelo dela, pretíssimo. E então ele se voltou.

O tiro seguinte atingiu Padgett, arrancou a cerveja de sua mão e fez o homem girar, bater com o quadril e parte da cabeça na porta da geladeira.

O eco dos tiros fez toda a sala tremer.

A arma na mão de Eric tremia levemente, não muito, e o martelar em sua cabeça parecia estar desaparecendo.

Sentado no chão, Padgett disse: "Seu merdinha estúpido". Sua voz era aguda, feminina. Ele estava com um buraco no meio da camiseta molhada de suor, que gotejava e aumentava cada vez mais.

Eric pensou: Acabo de matar três pessoas. Puxa vida!

Ele pegou a lata de cerveja do chão, abriu-a, e ela borrifou o pé da mesa. Pôs a lata na mão de Padgett, ficou olhando a espuma derramar-se e espalhar-se no punho e nos dedos de Padgett. O rosto de Padgett ficou branco como seus cabelos. Ouviu-se um apito que vinha de algum ponto de seu peito. Eric sentou-se no chão por um instante enquanto o corpo de Monica caía da cadeira, indo bater contra o linóleo.

Ele passou a mão nos cabelos nevados na cabeça de Padgett. Mesmo na condição em que se encontrava, este buscou esquivar-se. Ele não tinha saída, porém, e Eric passou a mão em seus cabelos várias vezes, depois voltou a sentar-se.

Padgett pôs uma mão no chão e tentou erguer-se. A mão fraquejou, e Padgett sentou-se novamente. Ele fez nova tentativa, buscando, às cegas, alcançar uma cadeira, e por fim as costas de sua mão toparam com uma; a língua, pra fora da boca, pendeu do lábio inferior quando ele tomou impulso para erguer o corpo. Padgett ficou com o corpo meio erguido, joelhos dobrados e trêmulos, e então a cadeira deslizou, ele caiu de novo, dessa vez mais pesadamente, e sentou-se ofegando lenta e fracamente, boca crispada, olhos no próprio colo.

"O que fez você pensar que levaria a melhor sobre mim?", perguntou Eric a Padgett, e seus próprios lábios pareceram de elástico.

O velho ofegou fracamente, olhos arregalados, boca aberta. Estava tentando falar, mas o único som que conseguia emitir era *u, u, u*.

Eric inclinou-se para trás para apontar a arma. Padgett olhou para o cano, olhos espantados e súplices. Eric deixou que ele desse uma boa e demorada olhada. Padgett fechou bem os olhos para não ver a bala que ele sabia que viria.

Eric ficou esperando.

Quando o outro abriu os olhos, Eric lhe deu um tiro no rosto.

"Regra Número Sete." Eric levantou-se. "Tenho de ir, tenho de ir."

Ele desceu as escadas, entrou no quarto de trás e abriu a porta do closet. Lá havia um cofre. Tinha cerca de um metro de altura e setenta centímetros de largura, e Eric sabia, das muitas noites em companhia de Padgett em sua cela, que lá dentro só havia catálogos telefônicos. O cofre nem ao menos era fixado ao chão. Ele o tirou do lugar, grunhindo por causa do esforço, lutando de um lado para outro até liberar a soleira. Deixou-se ficar olhando as tábuas do piso arranhadas, danificadas e soltas, com torrões de areia por cima. Levantou uma prancha, e ela se soltou com facilidade. Ele a jogou para trás, levantou mais quatro e olhou para o esconderijo — sacolas e sacolas de heroína, densamente empacotadas. Tirou as sacolas uma a uma e as colocou na cama até o esconderijo ficar vazio. Havia catorze sacolas.

Olhou em volta procurando uma maleta ou uma mochila esportiva, mas, como não havia nenhuma, voltou para a cozinha. Teve de passar por cima das pernas de Padgett e da cabeça de Monica para abrir as portas sob a pia. Encontrou uma caixa de sacos de lixo no mesmo instante em que lhe ocorreu que deixara Jeffrey encostado contra aquelas mesmas portas, Jeffrey com seu roupão de banho e meias marrons, com a porra da bala na garganta.

Viu manchas e gotas de sangue nas gavetas à sua esquerda, depois outras no piso, na porta e no umbral que conduzia ao corredor, quando na verdade ele esperava encontrar Jeffrey deitado de bruços, agonizante ou morto.

Mas ele não estava lá. As manchas de sangue davam a volta na escadaria e então desapareciam na escuridão dos degraus estreitos, bambos e no tapete desbotado e esfarrapado no meio. No alto, uma lâmpada nua pendia do teto.

Deixando-se ficar ali, ouviu um arfar dificultoso que vinha da direita daquela lâmpada, nos quartos dos fundos acima dele. Ouviu uma gaveta sendo aberta.

Ele reprimiu um acesso de pânico. Regra Número Sete, Regra Número Sete. Não pense, faça. Ele voltou mais que depressa para a varanda e pegou um saco de carvão que vira ali. Fósforos. Sem necessidade de nenhum fluido. Naquela época eles pensavam em tudo.

De volta ao corredor, avançou de mansinho enquanto espichava a cabeça em volta da escadaria, ouvindo o estertor da respiração de uma garganta aberta. Quando se convenceu de que Jeffrey não o estava esperando na escadaria escura nem no alto dela, voltou para o degrau mais baixo e deixou o saco de carvão lá.

Levou uns trinta segundos para depositar o saco de carvão e acionou com o polegar seu isqueiro Bic. Imediatamente, as chamas começaram a dançar. Alguém devia ter derramado uma porra duma tonelada de bebida alcoólica no tapete ao longo dos anos, porque as chamas pegaram as bordas do tapete desbotado e subiram feito um rastilho de pólvora escada acima. O monóxido de carbono chegou à sua cabeça, e ele recuou. A fumaça era negra e de enlouquecer, com aquele cheiro de petróleo; Eric procurou evitar o fogo, e uma bala atingiu o soalho logo à sua frente. Outra bala passou zumbindo perto de sua cabeça e atingiu a porta da varanda.

Eric apontou a arma para além do fogo e atirou no escuro. Um clarão respondeu ao seu tiro, vários clarões, e as balas atingiram as paredes, cobrindo seus cabelos com fragmentos de argila.

Ele se agachou junto à parede. Chamas lambiam-lhe a orelha, e ele viu que seu ombro estava em chamas. Bateu as mãos nele até apagar o fogo, mas então era a parede que estava pegando fogo. A parede, a escadaria, a cama do outro lado da parede. Foda-se. A heroína estava naquele quarto, esperando na cama.

Agora todo o corredor estava em chamas, e as ondas negras de fumaça gordurosa invadiam-lhe os olhos e pulmões. Ele atirou em Jeffrey quando este pulou por cima do corrimão e desceu através das chamas, com uma 9 milímetros inútil na mão. Eric atirou em Jeffrey novamente quando ele foi parar no corredor. Jeffrey escorregou e caiu no fogo, o roupão em chamas, uma mão ainda pressionando a garganta fendida.

Eric tentou dar a volta ao fogo, mas era uma tentativa vã. O fogo agora tomara tudo. E onde não havia fogo estava tudo preto de fumaça.

Imbecil, ele pensou. Eric, você é imbecil. Imbecil, imbecil, imbecil.

Mas não tão estúpido quanto os três babacas que ele estava deixando para trás.

Eric saiu pela porta e voltou para a via pavimentada com pedras, com suas árvores titilantes e gotejantes, entrou em seu carro e seguiu em frente na rua suja. Entrou em outra rua de asfalto rachado e se perguntou como diabos as pessoas viviam numa merda de bairro daquele. Conseguir uma porra dum emprego, pensou ele. Largar o crack. Conseguir um pouco de autorrespeito, senão você não vai ser melhor que ratos. Porra de ratos desgraçados numa gaiolinha de merda.

Mesmo que seu plano tivesse dado certo e ele tivesse voltado com vários quilos de heroína, não havia garantia de que conseguisse vendê-la. A quem poderia vendê-la? Ele não conhecia ninguém em Boston que pudesse transportar aquele tipo de volume, e mesmo que fosse apresentado a esse tipo de pessoa, seria roubado. Provavelmente teriam de matá-lo, para que não fosse atrás deles.

Sendo assim, tanto fazia, mas agora ele estava voltando para casa sem recursos e sem uma forma de ganhar dinheiro. Não que *não* houvesse uma forma de conseguir dinheiro desde que ele mantivesse os olhos abertos e os ouvidos no chão. Uma coisa boa da porra do velho East Buckingham era que havia tanto dinheiro sujo voando para dentro e para fora do bairro em qualquer dia — muito mais do que qualquer renda legítima —, que a um cara esperto bastava ter paciência.

Ele tirou do bolso sua lista de regras, desdobrou-a com uma mão e a apoiou na coxa para ir lendo enquanto dirigia. Estava escuro dentro do carro, mas ele a sabia de cor; na verdade, não precisava lê-la de novo, simplesmente apreciava o que ela representava ali em sua perna. Em sua caligrafia, as letras cuidadosamente inscritas ali...

1. Nunca confie num presidiário.
2. Ninguém ama você.
3. Atire primeiro.

4. Penteie-se três vezes por dia.
5. Os outros farão o trabalho por você.
6. Nunca deixe de receber o que lhe devem.
7. Trabalhe rápido.
8. Sempre pareça razoável.
9. Arrume um cachorro.

Ele entrou à esquerda na altura dos trilhos do trem e viu as luzes do 7-Eleven mais adiante, refletindo que a viagem de ida parecia duas vezes mais longa que a de volta e em como era estranho que as coisas normalmente funcionassem assim. Então pensou: Nadia.

Me pergunto o que ela anda fazendo atualmente.

9. Fique

ELES NÃO TINHAM VISTO RARDY desde o assalto. Ele tivera alta do hospital no dia seguinte, era só o que sabiam, mas afora isso ele se tornara um fantasma. Certa manhã eles conversaram sobre isso no bar vazio, metade das cadeiras ainda em cima das mesas e do balcão.

Cousin Marv disse: "Não é o estilo dele".

Bob estava com o jornal aberto à sua frente no balcão. Era oficial: a arquidiocese anunciara o fechamento da igreja São Domingos em East Buckingham, fechamento que o cardeal classificara como "iminente".

Bob disse: "Ele já desapareceu antes".

Cousin Marv disse: "Não depois de uma confusão, não sem ter ligado".

HAVIA DUAS FOTOGRAFIAS da igreja no jornal, uma delas tirada recentemente, a outra cem anos atrás. O mesmo céu acima. Mas ninguém que estivera sob o primeiro céu ainda estava vivo no segundo. E talvez eles estivessem contentes de não se encontrar num mundo tão irreconhecível comparado àquele em que tinham vivido. Quando Bob era criança, sua paróquia era seu país. Tudo aquilo de que você necessitasse e precisasse saber estava contido nela. Agora que a arquidiocese tinha fechado metade das paróquias para pagar pelos crimes dos padres molestadores de crianças, Bob não podia escapar do fato de que o tempo da hegemonia das paróquias tinha acabado. Ele era aquele tipo de cara, de certa meia geração, uma quase geração — e embora ainda tivessem sobrado muitos deles, agora estavam mais velhos, mais grisalhos, tinham tosse de fumantes, iam fazer checkups e não voltavam mais.

"Não sei", dizia Marvin. "Essa história de Rardy me deixa preocupado, não me importo de dizer a você. Quer dizer, tem uns caras atrás de mim e..."

Bob disse: "Não tem caras *atrás de você*".

Cousin Marv disse: "O que foi que lhe falei sobre o cara no carro?".

Bob disse: "Ele lhe pediu informações sobre que caminho tomar".

Cousin Marv disse: "Mas foi o jeito como ele o fez, o jeito como ficou me olhando. E que diz sobre o cara com o guarda--chuva?".

Bob disse: "Isso tem a ver com o cachorro".

Cousin Marvin disse: "'O cachorro.' Como você sabe?".

Bob olhou para as partes do salão do bar ainda não iluminadas e sentiu a morte à sua volta, efeito colateral, acreditava ele, do assalto e do pobre sujeito na traseira da van. As sombras se transformaram em camas de hospital, velhos encurvados comprando cartões de felicitações, cadeiras de rodas vazias.

"Rardy está só doente", disse Bob por fim. "Ele vai aparecer."

MAS POUCAS HORAS DEPOIS, enquanto Marv tocava o serviço do bar para os beberrões que bebiam de dia, Bob foi para o lugar onde Rardy morava. Um apartamento no segundo andar, imprensado entre dois outros, num edifício de três, em Perceval.

Bob ficou na sala de estar com Moira, a mulher de Rardy. Moira já fora de fato uma bela moça, mas a vida com Rardy e uma criança com problemas de aprendizagem sugou-lhe a beleza como açúcar por um canudinho.

Moira disse: "Faz dias que não o vejo".

Bob disse: "Dias, é?".

Ela fez que sim. "Ele bebe muito mais do que deixa transparecer".

Bob inclinou-se para a frente, com expressão de surpresa.

"Sei o que estou dizendo, certo?", ela disse. "Ele esconde muito bem, mas fica o tempo todo bebendo desde que levanta de manhã."

Bob disse: "Eu o vi tomar um drinque".

"Sabe aquelas garrafinhas de avião?", disse Moira. "Ele as leva no casaco. Então, não sei, ele pode estar com os irmãos ou com alguns dos velhos amigos de Tuttle Park."

"Quando foi a última vez?", perguntou Bob.

"Que eu o vi? Há alguns dias. Mas o safado já fez isso comigo antes."

"Você tenta ligar para ele?"

Moira deu um suspiro. "Ele não atende ao celular."

O menino apareceu na soleira da porta, ainda de pijama às três da tarde. Patrick Dugan, nove ou dez anos, Bob não conseguia lembrar qual das duas idades. Ele lançou a Bob um olhar sem expressão, ainda que se tivessem encontrado uma centena de vezes, depois olhou para a mãe, coçando-se, sacudindo os ombros.

"Você falou", disse Patrick para a mãe. "Eu preciso de ajuda."

"Certo. Mas deixe eu terminar de conversar com o Bob."

"Você falou, você falou, você falou. Eu preciso de ajuda. Eu preciso."

"Mas sabe, querido?", disse Moira fechando os olhos por um breve instante. "Eu disse que vou fazer isso e vou fazer. Mas me mostre que, como já conversamos, você consegue trabalhar sozinho por mais uns minutos."

"Mas você falou", disse Patrick batendo um pé contra o outro na soleira. "Você falou."

"Patrick", disse Moira, agora num tom mais áspero.

Patrick soltou um uivo, no rosto uma desagradável mistura de fúria e medo. Era um som primal, um som animal, um gemido dirigido a pequenos deuses. Seu rosto ficou de um vermelho bronzeado, e os nervos do pescoço, ressaltados. O uivo prolongou-se e não parava mais. Bob olhou para o chão, olhou para a janela, tentou agir de forma natural. Moira parecia cansada.

Então o menino fechou a boca e disparou pelo corredor.

Moira tirou o invólucro de um chiclete e o pôs na boca.

Ela ofereceu o pacote a Bob, ele agradeceu, pegou um tablete, e ficaram os dois em silêncio, mascando.

Moira apontou o polegar para a porta onde seu filho estivera. "Rardy não diria por que ele bebe. Ele nos contou que Patrick tem HDHD? E/ou TDA. E/ou deficiência de um troço qualquer. Minha mãe diz que ele é só um panaca. Eu não sei. Ele é meu filho."

"Claro", disse Bob.

"Você está bem?"

"Eu?", disse Bob inclinando-se um pouco para trás. "Sim, por quê?"

"Você está diferente."

"Como assim?"

Moira deu de ombros e se levantou. "Não sei. Você parece mais alto ou sei lá o quê. Se você vir Rardy, diga-lhe que precisamos de detergentes 409 e Tide."

Ela foi ao encontro do filho. Bob foi embora.

NADIA E BOB estavam sentados nos balanços do parquinho vazio no Pen' Park. Rocco estava a seus pés na areia, com uma bola de tênis na boca. Bob olhou para a cicatriz no pescoço de Nadia, e ela o viu desviar o olhar.

"Você nunca perguntou sobre a cicatriz. Foi a única pessoa que não perguntou sobre ela já nos primeiros, digamos... cinco minutos."

Bob disse: "Não é da minha conta. É da sua".

Nadia perguntou: "De onde você é?".

Bob olhou em volta. "Eu sou daqui."

"Não, quero dizer: de que planeta?"

Bob sorriu e balançou a cabeça. Ele finalmente entendeu o que as pessoas queriam dizer quando falavam "maravilhado". Era mais ou menos como ela o fazia sentir-se — a uma distância, em sua mente, ou, como agora, sentados juntos o bastante para que se pudessem tocar (embora nunca o tivessem feito) — maravilhado.

Ele disse: "Sabe quando as pessoas usavam o telefone público? Elas entravam numa cabine, fechavam a porta. Ou então falavam o mais baixo possível. Mas agora? As pessoas falam sobre... sim, agora falam sobre os movimentos de seus intestinos quando os estão sentindo num banheiro público. Eu não entendo".

Nadia riu.

"O que foi?"

"Nada não", disse ela levantando a mão à guisa de desculpas. "É que nunca vi você exaltado. Nem tenho bem certeza se estou entendendo. O que tem a ver um telefone público com minha cicatriz?"

"Ninguém hoje em dia", disse Bob, "respeita a privacidade. Todos querem contar a você qualquer porra sobre si mesmos. Desculpe. Desculpe. Eu não devia ter dito essa palavra. Você é uma dama."

Ela abriu um sorriso ainda mais largo. "Continue."

Ele levantou uma mão próximo ao ouvido e só notou quando do o tinha feito. Ele a abaixou. "Todas as pessoas querem contar alguma coisa a você — qualquer coisa, tudo — sobre elas mesmas e então simplesmente vão contando sem parar. Mas quando se trata de *mostrar* a você quem elas são, o que acontece? A coisa muda de figura, Nadia. Elas não têm coragem. E elas simplesmente disfarçam falando mais, explicando o que não pode ser explicado. E então elas continuam falando mais mentiras sobre outra pessoa. Que sentido tem isso?"

O largo sorriso de Nadia agora se reduzira, tornando-se curioso e ao mesmo tempo indecifrável. "Não sei muito bem."

Ele se pegou passando a língua no lábio superior, um antigo tique nervoso. Ele queria que ela entendesse. Ele precisava que ela entendesse. Que Bob se lembrasse, não houvera nada antes de que ele precisasse tanto.

"Sua cicatriz, sabe?", disse ele. "Ela é sua. Você me falará sobre ela quando falar. Ou então não. Tanto faz."

Ele ficou um instante olhando para o canal. Nadia deu-lhe um tapinha na mão, também olhou para o canal, e os dois ficaram assim por algum tempo.

Antes de ir trabalhar, Bob deu uma passada na São Domingos, sentou-se num banco vazio na igreja vazia e ficou observando tudo.

Vindo da sacristia, o padre Regan foi até o altar, em trajes normais, embora estivesse de calça preta. Por um instante, ficou olhando Bob sentado ali.

Bob perguntou: "É verdade?".

O padre Regan desceu até o meio do corredor e se sentou no banco na frente do de Bob. Ele se voltou e passou o braço por cima do encosto do banco. "Sim, a diocese acha que desempenharemos melhor nossas tarefas pastorais se nos integrarmos à de Santa Cecília."

"Mas eles estão vendendo *esta* igreja", disse Bob apontando para seu banco.

"Sim, este edifício e a escola serão vendidos."

Bob levantou os olhos para os tetos elevados. Desde os três

anos de idade tinha o hábito de fazer isso. Ele nunca conhecera os tetos de nenhuma outra igreja. Ele imaginava que seria assim até a sua morte. Como acontecera com seu pai e o pai de seu pai. Algumas coisas — algumas coisas raras — deviam continuar como sempre foram.

Bob disse: "E você?".

O padre Regan respondeu: "Ainda não fui designado para outro lugar".

Bob disse: "Eles protegem os molestadores de crianças e os pilantras que lhes deram cobertura, mas não decidiram o que fazer com você? Que puta esperteza, hein?".

O padre Regan lançou-lhe um olhar como se não tivesse conhecido *aquele* Bob antes. E talvez não tivesse mesmo.

O padre Regan disse "E no mais, tudo bem?".

"Claro", disse Bob olhando para os transeptos. Não pela primeira vez, ele se perguntou como eles arrumaram recursos, em 1878 — ou 1078, por falar nisso — para construí-los. "Claro, claro, claro."

Padre Regan disse; "Fiquei sabendo que você fez amizade com Nadia Dunn".

Bob olhou para ele.

"Ela teve alguns problemas no passado", disse o padre Regan batendo a mão de leve no banco. Aquela batidinha logo se tornou um afago distraído. "Alguns diriam que *ela* é meio perturbada."

A igreja silenciosa se impôs sobre eles, batendo como um terceiro coração.

"Você tem amigos?", perguntou Bob.

Padre Regan arqueou as sobrancelhas. "Claro."

Bob disse: "Não estou falando de, tipo, outros padres. Me refiro a amigos. Gente com quem, sei lá, você possa ficar junto".

Padre Regan fez que sim. "Sim, Bob, eu tenho."

"Eu não", disse Bob. "Quer dizer, eu não tinha."

Bob olhou em volta da igreja um pouco mais. Sorriu para o

padre Regan e disse: "Que Deus o abençoe", e levantou-se do banco.

Padre Regan respondeu: "Que Deus o abençoe".

A caminho da porta, Bob parou na pia batismal, benzeu-se e se deixou ficar ali com a cabeça abaixada. Então se benzeu mais uma vez e saiu pela porta principal.

10. Quem quer que esteja em estado de graça

COUSIN MARV ESTAVA na porta que dava para a viela, fumando, enquanto Bob recolhia os latões de lixo da noite anterior. Como de costume, tinham sido jogados por toda a viela pelos caras do caminhão de lixo, e Bob teve de andar um bocado para os recolher.

Cousin Marv disse: "Pra eles é demais recolocá-los no lugar onde os encontraram. Isso exigiria mais educação".

Bob pôs um latão sobre outro e os levou para a parede do fundo. Notou, encostado contra a parede entre os latões e uma ratoeira, um saco de lixo de plástico preto tamanho grande, do tipo que se usa em canteiros de obras. Ele não o deixara ali. Ele conhecia bastante os estabelecimentos da vizinhança mais próxima — Nails Saigon e dr. Sanjeev K Seth — para saber como era o lixo deles, e aquele saco não era deles. Ele deixou o saco ali por um instante e voltou para a viela para pegar o último latão.

Bob disse: "Pague por uma caçamba estacionária pro lixo...".

Cousin Marv respondeu: "Por que eu haveria de pagar por uma caçamba? 'Pague por uma caçamba.' O bar não é mais meu, lembra-se? Não foi de você que Chovka tomou o bar".

Bob disse: "Isso foi há dez anos".

"Oito e meio", respondeu Cousin Marv.

Bob trouxe o último latão para junto da parede e andou até o saco plástico preto. Era um saco com capacidade para duzentos litros, mas estava longe de estar cheio. O que quer que contivesse, não era grande, porém estava estufado dos lados; assim, o conteúdo tinha o comprimento de trinta a quarenta e cinco centímetros. O comprimento de um tubo de papelão, talvez, desses em que se guardam pôsteres.

Cousin Marvin disse: "Dottie acha que a gente devia passear na Europa. Foi esse o tipo de cara que me tornei: o cara que vai para a Europa com a irmã, entra em diabos de ônibus de turismo com uma máquina fotográfica pendurada no pescoço".

Bob debruçou-se sobre o saco. Ele estava amarrado na parte de cima, mas com um nó tão frouxo que bastava um leve puxão para que se abrisse como uma rosa.

"Houve um tempo", disse Cousin Marv, "em que eu quis fazer uma viagem. Fui com Brenda Mulligan ou Cheryl Hodge ou, ou... lembra-se da Jillian?"

Bob aproximou-se mais do saco. Agora ele se encontrava tão perto que a única forma de se aproximar mais era subir nele. "Jillian Waingrove. Ela era bonita."

"Ela era muito atraente. Sabe quando passamos todo aquele verão juntos? A gente costumava ir a um bar com área ao ar livre em Marina Bay. Como era mesmo o nome dele?"

Bob ouviu-se dizer "The Tent", enquanto abria o saco e olhava para dentro. Seus pulmões se encheram de chumbo, e sua cabeça, de hélio. Ele se afastou do saco por um instante e teve a sensação de que a viela pendia para a direita.

"The Tent", dizia Marv. "Isso mesmo, isso mesmo. Será que ainda existe?"

"Sim", Bob ouviu a si mesmo dizer, a voz chegando aos seus ouvidos como se saísse de um túnel. "Mas agora ele tem outro nome."

Ele olhou para Marv por cima do ombro, deixou que Marv visse em seus olhos.

Cousin Marv jogou seu cigarro na viela. "O que é?"

Bob ficou onde estava, as abas do saco na mão. Um cheiro pútrido saiu do saco, um cheiro parecido com o de partes de carne de galinha crua expostas ao sol.

Cousin Marv olhou para o saco, depois de novo para Bob. Ele continuava no vão da porta.

Bob disse: "Você precisa...".

Cousin Marv disse: "Não, não preciso".

"O quê?", perguntou Bob.

Cousin Marv disse: "Não preciso fazer nada, tá? Eu estou aqui nesta porra. Estou aqui porque...".

Bob disse: "Você precisa ver...".

"Eu não preciso ver nada! Está me ouvindo? Eu não preciso ver a Europa, nem a porra da Tailândia, nem que diabos esteja nesse saco. Vou ficar aqui e pronto."

"Marv."

Marv sacudiu a cabeça violentamente, como uma criança.

Bob esperou.

Cousin Marv esfregou os olhos, subitamente embaraçados. "Antigamente a gente formava um bando, lembra? As pessoas tinham medo de nós."

"Sim", disse Bob.

Marv acendeu um cigarro, andou até o saco da forma como a gente se aproxima de um rato atordoado no canto do porão.

Ele chegou perto de Bob e olhou para dentro do saco.

Um braço, decepado logo abaixo do cotovelo, jazia em meio a uma pilha de dinheiro ensanguentado. O braço exibia um relógio de pulso parado em seis horas e quinze minutos.

Cousin Marv soltou o ar dos pulmões devagar e se manteve assim até que os pulmões ficaram completamente vazios.

Cousin Marv disse: "Bem, é... quer dizer...".

"Eu sei."

"É..."

"Eu sei", disse Bob.

"É repugnante."

Bob fez que sim. "Temos de fazer algo com isso."

Cousin Marv disse: "O dinheiro? Ou o...?".

Bob disse: "Aposto como a soma do dinheiro é igual à que perdemos naquela noite".

Cousin Marv disse: "Então, tudo bem...".

Bob disse: "Então a gente devolve o dinheiro para eles. É o que eles esperam".

"E aquilo?", disse Marv apontando para o braço. "*Aquilo?*"

"Nós simplesmente não podemos deixá-lo aqui", disse Bob. "Isso fará com que aquele policial venha direto pra cima de nós."

"Mas nós não fizemos nada."

"Agora não", disse Bob. "Mas pense só no que Chovka ou Papa Umarov vão sentir em relação a nós se os policiais mostrarem um interesse especial pelo caso."

"É", disse Marv. "Claro, claro."

"Preciso que você se concentre nisso, Marv."

Marv piscou os olhos. "Você *precisa* que eu me concentre?"

"Sim, preciso", disse Bob, e carregou o saco para dentro.

NA COZINHA MINÚSCULA, próximo da grelha com quatro queimadores e da frigideira funda de peixe, havia um espaço onde eles faziam sanduíches. Bob colocou um pouco de papel-manteiga em cima do balcão. Depois pegou papel-filme de um dispensador acima do balcão. Levantou o braço da pia onde o lavara e embrulhou-o com o papel-filme. Quando ele estava bem embrulhado, colocou-o sobre o papel-manteiga.

Marv olhava do vão da porta com uma expressão de repulsa no rosto lívido.

Cousin Marv disse: "Parece até que você já fez isso mil vezes".

Bob lhe lançou um olhar duro. Cousin Marv piscou os olhos e olhou para o chão.

Cousin Marv disse: "Você já imaginou que, se não tivesse mencionado o relógio, talvez...".

"Não", disse Bob de forma mais ríspida do que desejara. "Não."

"Bem, pois eu sim", respondeu Cousin Marv.

Bob passou uma fita adesiva nas bordas do papel-manteiga, e então o braço estava parecendo um caro taco de bilhar ou um sanduíche de trinta centímetros e meio. Bob o colocou numa mochila esportiva.

Ele e Marv foram da cozinha para o bar e viram Eric Deeds sentado lá, mãos cruzadas sobre o balcão, mero cliente esperando um drinque.

Marv e Bob seguiram em frente.

Cousin Marv disse: "Nós estamos fechados".

Eric disse: "Você tem Zima?".

"Para quem a gente deveria servir?", perguntou Marv. "Para uma mocinha?"

Bob e Cousin Marv foram para trás do balcão e olharam para Deeds.

Eric levantou-se. "A porta estava aberta, então achei que..."

Marv e Bob se entreolharam.

"Nada contra você", disse Marv a Eric Deeds. "Mas dê o fora daqui, porra."

"Quer dizer que nada de Zima mesmo?", disse Eric encaminhando-se para a porta. "Gostei de ver você, Bob", disse ele fazendo-lhe um aceno. "Dê lembranças a Nadia, mano."

Eric saiu. Marv correu para a porta e a trancou.

Cousin Marv disse: "A gente fica levando a parte que está faltando do Homem de Um Braço Só de um lado para outro como se estivesse equilibrando uma bola a botinadas, e com a porra da porta aberta".

Bob disse: "Bem, não aconteceu nada".

"Mas podia ter acontecido." Ele tomou fôlego. "Você conhece esse cara?"

Bob disse: "O cara de quem eu te falei".

"O que diz que o cachorro é dele?"

"É."

"Esse cara é pirado."

Bob disse: "Você o conhece?".

Cousin Marv fez que sim. "Ele é da Mayhew Street, paróquia de Santa Cecília. Você é atrasadão — se alguém não é de sua paróquia, pode muito bem ser um porra dum flamengo. O cara é um merdinha. Esteve na cadeia algumas vezes, passou uns trinta dias num hospício, se bem me lembro. Toda a porra da família Deeds devia ser internada num hospital psiquiátrico há uma geração." Cousin Marv acrescentou: "Dizem por aí que foi ele quem matou Glory Days".

"Também ouvi falar nisso", disse Bob.

"Despachou-o do planeta Terra. É o que dizem", falou Cousin Marv.

"Bem..." disse Bob, então, sem mais nada para falar, pegou a mochila esportiva e saiu pela porta dos fundos.

Depois que ele saiu, Marv encheu a pia do bar com o dinheiro ensanguentado, apertou o botão de uma máquina e lançou um jato de água tônica sobre o dinheiro.

Ele parou e olhou para todo o sangue que escorria.

"Animais", sussurrou fechando os olhos para todo aquele sangue. "Selvagens desgraçados."

No Pen' Park Bob jogou uma vareta para Rocco, e este saiu correndo atrás dela. Ele a trouxe de volta e largou-a diante de Bob. Bob a jogou novamente, o mais longe que conseguiu. Enquanto Rocco corria atrás da vareta, Bob pegou a mochila esportiva e o braço embrulhado, voltou-se para o canal e jogou o braço como se fosse uma machadinha. Ele o viu traçar um arco alto, desabar antes de atingir o ponto máximo e cair rapidamente. Foi parar no meio do canal com um barulho maior do que Bob imaginara. E também mais alto. Tão alto que ele achou que todos os carros que passavam na estrada da margem oposta iriam parar. Mas nenhum parou.

Rocco voltou com a vareta.

"Bom garoto", disse Bob.

Bob jogou a vareta novamente, ela quicou no asfalto e foi parar fora do caminho. Rocco saiu disparado, cruzando o parque.

Bob ouviu pneus atrás dele. Voltou-se, esperando ver uma das picapes do parque, mas, em vez disso, era o detetive Torres vindo em sua direção. Bob não tinha a menor ideia se ele vira alguma coisa. Torres parou, saiu do carro e se aproximou de Bob.

"Olá, sr. Saginowski", disse ele olhando para a mochila vazia aos pés de Bob. "Ainda não os pegamos."

Bob olhou para ele.

"Os caras que roubaram seu bar."

"Ah..."

Torres riu. "Você se lembra, não é?"

"Claro."

"Ou você foi roubado tantas vezes que termina confundindo tudo?"

Rocco correu em direção a eles e largou a vareta, ofegante. Bob jogou a vareta, e Rocco saiu correndo novamente.

"Não", disse Bob. "Eu me lembro."

"Ótimo. Bom, sim, nós não os encontramos."

"Achei que não encontrariam mesmo", disse Bob.

Torres disse: "Você imaginou que não fizemos nosso trabalho?".

Bob disse: "Não. Eu sempre soube que é difícil prender assaltantes".

Torres disse: "Quer dizer que o que faço para ganhar a vida não adianta nada".

Como não havia jeito de levar vantagem naquela conversa, Bob simplesmente calou a boca.

Depois de algum tempo, Torres disse: "O que é que tem nessa mochila?".

"Eu carrego trelas, bolas, sacos com comida pra cachorro, coisas assim."

Torres disse: "Está vazia".

Bob disse: "Usei minha última sacola de comida de cachorro, perdi uma bola".

Rocco veio correndo e largou a vareta. Bob jogou-a mais uma vez, e o cachorro disparou novamente.

Torres disse: "Richie Whelan".

Bob perguntou: "O que é que tem ele?".

"Você se lembra dele?", perguntou Torres.

Bob disse: "Os amigos dele estiveram no bar na semana passada comemorando o aniversário".

Torres perguntou: "Que aniversário?".

"Da última vez que ele foi visto."

"Que foi no seu bar", disse Torres.

"Sim, ele foi embora", disse Bob. "Saiu para descolar um pouco de erva, foi o que sempre me disseram."

Torres aquiesceu. "Você conhece Eric Deeds? Um cara loiro?"

Bob disse: "Não sei. Quer dizer, talvez, mas o nome não me lembra nada".

Torres disse: "Pelo que se sabe, ele teve uma conversa com Whelan mais cedo, naquele dia".

Bob deu um sorriso a Torres e um dar de ombros que combinava com o sorriso.

Torres balançou a cabeça e chutou uma pedra com o bico do sapato. "Quem quer que esteja em estado de graça, deixem que se aproxime de mim."

"O que você quer dizer com isso?", perguntou Bob.

Torres disse: "É a posição da Igreja relativa a quem pode receber a Comunhão. Se você está em estado de graça, pode comungar. Mas você continua sem receber o sacramento. O senhor se esqueceu de se arrepender de alguma coisa, sr. Saginowski?".

Bob ficou calado e jogou a vareta para Rocco novamente.

Torres disse: "Eu faço cagadas todos os dias. É um caminho

difícil. No fim do caminho, porém, eu vou me confessar. É uma terapia melhor do que AA. Fico quite com Deus e na manhã seguinte eu o recebo na Sagrada Comunhão. Mas você... nem tanto".

Rocco trouxe a vareta de volta, e daquela vez foi Torres que a pegou. Ele a segurou na mão por um bom tempo, até que Rocco começou a ganir. Era um som muito agudo, um som que Bob nunca ouvira. Mas ele não tinha o hábito de reprimir seu cão. No exato instante em que este estava prestes a pegar a vareta da mão de Torres, o policial levantou o braço e jogou a vareta para o alto. Rocco correu atrás dela.

Torres disse: "Penitência significativa, sr. Saginowski — você devia refletir um pouco sobre isso. Belo cão".

Ele foi embora.

11. Todos morrem

DEPOIS QUE TORRES FOI EMBORA, Bob ficou andando pelo parque por um tempinho, mas na verdade não conseguia se lembrar muito do passeio antes de ele e Rocco se encontrarem novamente perto do carro. Ele se sentia com a cabeça tão no ar que não tinha muita certeza de ser capaz de dirigir; ficou ao lado do carro com seu cão e olhou para o duro céu de inverno, o sol escondido atrás de uma muralha cinzenta tão grossa quanto uma peça de veludo. Dali a alguns meses, se o braço emergisse em algum lugar ao longo daquelas margens, será que Torres relacionaria as coisas? Será que ele iria atrás de Bob?

Ele já está vindo atrás de você agora.

Bob puxou o ar, prendeu-o, depois o expirou. Dessa vez não ficou tonto nem jogou o ar na frente do próprio rosto.

Falou consigo mesmo que tudo ia dar certo. Ia mesmo.

Entrou no carro, olhou-se no espelho retrovisor e disse em voz alta: "Tudo vai dar certo".

Não que ele acreditasse naquilo, mas o que é que se ia fazer?

Rumou para a paróquia de São Domingos e para a sua casa para deixar Rocco lá. Quando eles saíram do carro, Nadia saiu da casa.

Ela disse: "Vim aqui para levar Rocco para o passeio da tarde. Eu pirei. Seu celular está ligado?".

Bob olhou para seu celular. "Sem som, só para vibrar. Não percebi".

"Liguei um monte de vezes."

Na tela dele estava escrito *Chamadas perdidas Nadia* (6). "Agora é que estou vendo."

Ela inclinou a cabeça. "Pensei que hoje você estava trabalhando."

Bob disse: "Eu... Pois é. É uma longa história, não dá pra contar. Mas eu devia ter ligado para você. Desculpe".

"Oh, não, não. Não se preocupe com isso."

Bob subiu na varanda com Rocco, que se jogou aos pés de Nadia. Ela coçou o peito dele.

Bob disse: "Você conhece um tal de Eric Deeds?".

Nadia manteve a cabeça abaixada e continuou a coçar o peito de Rocco. "Eu *não o conheço de verdade,* mas o conheço. Sabe, das redondezas."

Bob disse: "Pelo jeito que ele falou, achei que você...".

"Achou o quê?"

"Nada não. Não sei o que eu..."

Então ela olhou para ele. Olhou-o com algo nos olhos que ele nunca tinha visto. Algo que lhe ordenava que desse meia-volta e corresse o mais depressa possível.

"Por que você está pegando no meu pé por causa disso?"

"O quê? Eu só fiz uma pergunta."

Ela disse: "Você estava insinuando".

"Não, não estava."

"Agora você está discutindo comigo só por discutir."

"Não estou."

Ela se pôs de pé. "Está vendo? Não preciso dessa merda, entendeu?"

Bob disse: "Espere. O que aconteceu aqui?".

"Você acha que pode fazer de mim o que quiser, pensa que achou um saco de pancadas para bater com seu grande punho?"

"O quê?", disse Bob. "Jesus, não."

Ela ia passar por ele, Bob fez menção de alcançá-la, mas mudou de ideia. Tarde demais, porém.

"Não *toque* em mim, porra."

Ele se afastou dela um passo. Ela apontou o dedo para seu rosto e desceu as escadas rapidamente.

Na calçada, ela levantou os olhos para ele. "Babaca", disse ela, os olhos rasos d'água.

E foi embora.

Bob ficou ali sem ter a menor ideia de como conseguiu foder com tudo daquele jeito.

QUANDO VOLTOU PARA O BAR, Bob ficou nos fundos por uma hora, com um secador de cabelo e o dinheiro molhado. Quando ele entrou, o bar ainda estava praticamente vazio: só havia alguns fregueses antigos tomando bebida barata de centeio perto da porta. Cousin Marv e Bob ficaram na outra extremidade.

Bob disse: "Só fiz uma pergunta e tudo... bem, degringolou".

Cousin Marv disse: "Você poderia dar a elas o diamante azul da coroa, e elas reclamariam do peso". Ele virou uma página do jornal. "Você tem certeza de que ele não viu nada?"

"Torres?", perguntou Bob. "Tenho." Embora não tivesse.

A porta da frente se abriu, e Chovka entrou, seguido por Anwar. Os dois passaram pelos três velhos fregueses, aproximaram-se do balcão e pegaram bancos perto de Marv e Bob. Eles se sentaram, colocaram os cotovelos no balcão e esperaram.

Os três velhos — Pokaski, Limone e Imbruglia — nem ao menos conversaram sobre aquilo antes de se levantar de seus bancos e se pôr a vagar em volta da mesa de bilhar.

Cousin Marv passou um pano no balcão junto de Chovka, ainda que o tivesse limpado um minuto antes de os dois entrarem. "Olá."

Chovka o ignorou. Olhou para Anwar. Ambos olharam para Bob e Cousin Marv. Chovka enfiou a mão no bolso. Anwar fez o mesmo. Ambos tiraram as mãos dos respectivos casacos. Eles colocaram maços de cigarros e isqueiros no balcão.

Bob abaixou-se atrás do balcão e de lá tirou o cinzeiro que guardava ali para Millie. Ele o colocou entre os dois. Eles acenderam os cigarros.

"Quer tomar um drinque, Chovka?", perguntou Bob.

Chovka continuou fumando. Anwar também.

Bob disse: "Marv".

Cousin Marv perguntou: "O que é?".

Bob disse: "Anwar bebe Stella".

Cousin Marv foi ao refrigerador das cervejas. Bob pegou uma garrafa de uísque escocês Middleton na prateleira de cima. Ele encheu um bom copo e colocou-o diante de Chovka. Cousin Marv voltou com uma Stella Artois e colocou-a junto a Anwar. Bob pegou um descanso para copos, levantou a garrafa de cerveja e o pôs sob ela. Depois pegou um envelope de papel manilha sob a caixa registradora e colocou-o no balcão.

Bob disse: "As notas ainda estão um pouco úmidas, então as pus dentro de um saco plástico com zíper".

Chovka disse: "Um saco plástico".

Bob fez que sim. "Sabe, eu ia colocá-las num secador, mas como não temos nenhum aqui, fiz o possível com um secador de cabelos. Porém se você espalhar todas as notas numa mesa, amanhã de manhã estarão todas secas."

"Pra começar, por que elas ficaram úmidas?"

"Precisávamos limpá-las", disse Bob.

"Estavam sujas de alguma coisa?", perguntou Chovka com uma expressão tranquila nos olhos.

"Sim", disse Bob.

Chovka ficou olhando o drinque que Bob pusera diante dele. "Não foi isso que você me deu da última vez."

Bob disse: "Da última vez foi Bowmore 18. Você disse que tinha gosto de conhaque. Acho que você vai gostar mais deste".

Chovka levantou o copo contra a luz e o cheirou. Olhou para

Bob, levou o copo aos lábios, tomou um gole e o colocou no balcão. "Nós morremos."

"Como?", disse Bob.

"Todos nós", disse Chovka. "Nós morremos. Acontece de tantas formas diferentes. Anwar, você conheceu seu avô?"

Anwar bebeu metade de sua Stella de um só gole. "Não, ele morreu há muito tempo."

"Bob", disse Chovka, "seu avô ainda está vivo? Os dois?"

"Não, senhor."

"Mas eles viveram bastante?"

"Um morreu pouco antes dos quarenta anos", disse Bob. "O outro na casa dos sessenta."

"Mas eles viveram nesta terra. Eles treparam, lutaram e fizeram filhos. Eles achavam que a época deles era *a* época, a última palavra. E aí eles morreram. Porque a gente morre." Ele tomou outro gole de uísque e repetiu: "A gente morre", num leve sussurro. "Mas antes disso..." Ele se voltou no banco e passou o copo a Anwar. "Você precisa provar esta porra deste uísque, cara."

Ele bateu nas costas de Anwar e riu.

Anwar tomou um gole e devolveu o copo. "É bom."

"É bom", disse Chovka com uma risada meio de deboche. "Você não entende das coisas mais refinadas, Anwar. Esse é o seu problema. Tome sua cerveja." Chovka tomou o resto do copo, olhos fitos em Cousin Marv. Depois, dirigindo-se a Bob: "Você entende das coisas mais refinadas, Bob".

"Obrigado."

"Acho que você entende de muito mais coisas do que deixa transparecer."

Bob ficou calado.

Chovka disse: "Você vai guardar a bolada".

Cousin Marv perguntou: "Esta noite?".

Chovka balançou a cabeça.

Eles esperaram.

Chovka disse: "A final do campeonato de futebol americano".

Ele e Anwar afastaram-se do balcão, recolheram os cigarros e isqueiros, atravessaram o bar e saíram pela porta.

Bob e Cousin Marv ficaram lá, Bob ainda se sentindo tão atordoado que não se surpreenderia se recobrasse os sentidos no chão, dez minutos depois, sem se lembrar de como fora parar ali. O salão não chegava a girar, mas ficava escurecendo e se iluminando, escurecendo e se iluminando.

Marv disse: "Você notou que ele nem uma vez se dirigiu a mim nem comentou minhas atitudes? A única vez que ele olhou para mim foi como se eu fosse um pedacinho de papel higiênico que ficara em sua bunda, e ele tivesse de arrumar outro".

"Não percebi nada disso."

"Você não percebeu porque estava na maior intimidade com ele. 'Aqui está seu uísque com hortelã, senhor, e desculpe-me se não tiver o gosto do conhaque de dezoito anos que lhe servi da última vez que veio vigiar os seus escravos.' Você está brincando comigo, porra? Ele vai me matar, cacete!"

"Não, não vai. Você não está dizendo coisa com coisa."

"Estou falando com toda lógica. Ele acha que eu e o finado Rardy planejamos isso com o Cadáver de Um Braço Só..."

"Rardy não está morto."

"É mesmo? Você o tem visto ultimamente?" Ele apontou para a porta sussurrando: "Esse sacana desse checheno acha que eu e Rardy tramamos isso com o Cadáver de Um Braço Só. Quanto a você, ele acha que você é estúpido demais ou muito, sei lá... *boa gente* para roubá-lo. Mas eu... ele me lançou um olhar mortal".

"Se ele pensasse que você estava com os cinco mil dólares dele, onde ele achou os cinco que estavam no saco?"

"O quê?"

"Os caras que vieram aqui roubaram os cinco mil. Havia cinco mil no saco..." — ele olhou em direção à mesa de bilhar, certificou-se de que os caras ainda estavam lá — "... onde estava a mão. Então ele achou o dinheiro com o cara e o mandou de volta para nós."

"É mesmo?"

"O que significa que ele não pode achar que você está com o dinheiro, já que o mandou para nós, e nós o devolvemos a ele."

"Ele pode achar que eu estava de conluio com os assaltantes e que eles estavam com o dinheiro enquanto eu esperava a poeira baixar. E mesmo que ele não pense isso, a coisa está na cabeça dele, agora que não passo de um merda. Não mereço confiança. E caras desse tipo não se perguntam se suas opiniões são *racionais*. Eles simplesmente concluem que você é uma pulga e que amanhã é o Dia de Matar Pulga."

"Você está prestando atenção no que está dizendo?"

O rosto de Marv estava banhado de suor. "Eles vão usar este lugar para guardar a bolada da final de campeonato de domingo. Então vão assaltar a grana, nos matar ou nos deixar viver o bastante para todos os outros chechenos pirados e georgianos desgraçados que colocarem o dinheiro em nosso cofre concluírem que nós orquestramos a coisa. E então eles vão nos torturar em algum porão por três ou quatro dias até não nos sobrarem mais olhos, nem orelhas nem bagos, e todos os nossos dentes estiverem rebentados. E aí? Duas balas na cabeça, Bob. Duas balas na cabeça."

Ele saiu de trás do balcão.

"Marv."

Cousin Marv fez um gesto dispensando-o e começou a andar em direção à porta.

Bob disse: "Não posso trabalhar sozinho numa noite de quinta-feira".

"Contrate empregados temporários."

"Marv!"

Marv levantou os braços num gesto de "Que é que eu vou fazer?" e abriu a porta. A porta se fechou atrás dele, e Bob ficou atrás do balcão, os velhos fregueses olhando para ele por sobre a mesa de bilhar, antes de voltarem aos seus drinques.

No FIM DE UMA LONGA NOITE, BOB saiu para a rua e encontrou Nadia diante da varanda dele, fumando. Bob sentiu seu rosto afoguear-se como as comemorações do Quatro de Julho.

Bob disse: "Você vai congelar aqui fora".

Ela balançou a cabeça. "Eu saí só para fumar. Eu estava com Rocco."

Bob disse: "Não me importo se você o conhece. Não me importo. Ele mandou lembranças para você, como se quisesse dizer alguma coisa".

"O que mais ele disse?", perguntou Nadia.

Bob disse: "Ele falou que Rocco é dele."

Ela jogou o cigarro na rua. Bob deixou a porta aberta para ela, e ela entrou.

Na cozinha, Bob sentou-se à mesa, tirou Rocco de sua casinha e o pôs no colo. Nadia tirou duas cervejas da geladeira e passou uma para Bob.

Por um instante, eles beberam em silêncio.

Nadia disse: "Então? Eric é legal, não é? Quer dizer, aquilo foi só uma noite. Quer dizer... toda aquela coisa de ele ter batido na cabeça do filhote, mas aí ele saiu da cidade por algum tempo e quando voltou parecia mais calmo, como se tivesse prendido seus demônios, sabe? Trancou-os. Por algum tempo ele parecia estar diferente. Então quando o malucão chegou à cidade, eu já estava por conta".

Bob disse: "Foi por isso que ele escolheu seu latão de lixo".

Nadia olhou para Rocco e balançou a cabeça. "Faz, digamos... um ano que não ficamos juntos." Ela balançou a cabeça novamente tentando convencer a si mesma. Então: "Daí ele bateu em Rocco, pensou que ele estava morto e o jogou em minha lata de lixo. Daí vou fazer o quê?".

Bob disse: "Pensar nele? Não sei".

Nadia refletiu sobre isso. "Isso não faz o estilo de Eric. Meu Deus, desculpe."

Bob disse: "Você não sabia".

Nadia ajoelhou-se diante de Bob e de Rocco. Ela tomou a cabeça do cachorro nas mãos.

Nadia disse: "Rocco. Não estou por dentro de santos. Rocco é santo de quê?".

Bob disse: "Dos cães. Ele é o protetor dos cães".

Nadia disse: "Bom, tá".

Bob disse: "E dos farmacêuticos, dos solteirões e dos que sofreram acusações falsas".

Nadia disse: "O cara tem trabalho que não acaba mais". Ela ergueu sua cerveja num brinde. "Bem, merda, este é para são Rocco."

Eles brindaram.

Ela sentou-se novamente e passou a ponta do polegar pela própria cicatriz. "Você nunca pensa que algumas coisas que você faz não merecem... sei lá, perdão?"

Bob disse: "Perdão de quem?".

Nadia apontou para cima. "Você sabe".

Bob disse: "Sim, tem dias que acho que alguns pecados a gente não pode desfazer. Seja lá o bem que se faça depois, o diabo está só esperando o corpo, porque a alma já é dele. Ou talvez não exista diabo, mas você morre, e Deus diz: "Lamento que você não possa entrar. Você fez algo imperdoável, agora vai ter de ficar sozinho. Para sempre".

Nadia disse: "Eu optaria pelo diabo".

"É mesmo?", disse Bob. "Em certas épocas acho que o problema não é Deus. O problema somos nós, sabe?"

Ela balançou a cabeça.

Bob disse: "Nós não nos permitimos sair de nossas próprias jaulas".

Ele agitou a pata de Rocco em direção a ela. Ela sorriu, tomou a cerveja.

"Ouvi dizer que Cousin Marv não é dono do bar. Os donos são uns sujeitos durões. Mas você não é um cara durão. Então, por que você trabalha lá?"

Bob disse: "Eu e Cousin Marv nos conhecemos há muito

tempo. Na verdade, ele é meu primo. Ele e sua irmã, Dottie. Minha mãe e o pai deles eram irmãs".

Nadia riu. "Eles partilhavam a maquiagem?"

"O que é mesmo que falei? Não, quer dizer, eu sei o que quis dizer." Ele riu. Foi um riso de verdade, e ele não se lembrava da última vez que rira daquela maneira. "Por que você fica encarnando em mim o tempo todo?"

"É engraçado", ela respondeu.

O silêncio foi agradável.

Finalmente Bob o quebrou. "Marv pensava que eu era um sujeito durão. Por algum tempo, ele liderou um bando, e nós ganhamos algum dinheiro, sabe?"

Nadia disse: "Mas agora vocês não têm um bando?".

Bob disse: "A gente tem de ser ruim. Durão não basta. E começaram a aparecer esses bandos ruins no pedaço. E nós percebemos".

Nadia disse: "Mas você continua nessa vida".

Bob negou com um gesto de cabeça. "Eu só cuido do bar."

Ela olhou atentamente para ele por cima de sua cerveja, deixando-o perceber que na verdade não acreditava nele, mas que não iria insistir.

Ela disse: "Você acha que ele simplesmente vai embora?".

"Eric?", perguntou ele. "Ele não me parece ser desse tipo."

"Ele não é. Ele matou um cara chamado Glory Days. Bem, esse não era bem seu nome..."

Bob disse: "Richie Whelan, sei".

Nadia fez que sim. "Eric o matou."

"Por quê?", Bob perguntou.

"Não sei. Eric não gosta muito de 'por quê'." Ela se levantou. "Outra cerveja?"

Bob hesitou.

"Ora, Bob, fique à vontade, relaxe."

Bob se animou. "Por que não?"

Nadia pôs mais uma cerveja diante dele. Ela passou a mão na cabeça de Rocco, sentou-se, e eles beberam.

* * *

BOB ACOMPANHOU NADIA até a varanda da casa dela. "Boa noite."

"Boa noite, Bob. Obrigada."

"Por quê?"

Ela deu de ombros, pôs a mão no ombro dele e lhe deu um beijinho na face. Depois foi embora.

BOB FOI ANDANDO PARA CASA. As ruas estavam silenciosas. Ele chegou a um grande trecho de gelo na calçada. Em vez de desviar, deslizou sobre ele, levantando os braços para se equilibrar. Como um menino. Quando chegou ao fim do gelo, sorriu para as estrelas.

DE VOLTA A CASA, ELE retirou as latas de cerveja da mesa, lavou-as e as pôs num saco plástico pendurado num puxador de gaveta. Ele sorriu para Rocco, que estava encolhido e dormindo no canto de sua casinha, e apagou a lâmpada da cozinha.

Bob acendeu a lâmpada da cozinha novamente e abriu a casinha. Rocco abriu os olhos e olhou para ele. Bob viu o que havia a mais na casinha de Rocco.

O guarda-chuva que Eric Deeds levou de sua casa.

Bob o retirou da casinha e o ficou segurando por um bom tempo.

12. Como se o tempo tivesse voado

NA MANHÃ DE SEXTA-FEIRA, ERIC DEEDS estava no fundo do salão da Hi-Fi Pizza com duas fatias. Ele sempre se sentava no fundo do salão em qualquer lugar onde podia comer ou beber. Gostava sempre de ficar a não mais de três metros de uma saída. Para o caso, explicou certa vez a uma garota.

"Para o caso de quê?"

"Para o caso de eles virem atrás de mim."

"Quem são 'eles'?"

"Sempre existe um 'eles', disse Eric, olhando nos olhos dela — ela era Jeannie Madden, com quem ele estava namorando àquela época — e ele pensou ter visto um olhar de verdadeira compreensão nos olhos da jovem. Finalmente — *finalmente*, porra — alguém o entendeu.

Ela acariciou a mão dele. "Sempre há um 'eles', não é?"

"Sim", disse Eric. "Sim."

Ela o dispensou três horas depois. Deixou uma mensagem na velha e pesadona secretária eletrônica que o pai de Eric mantinha no corredor de entrada da casa deles em Parker Hill. Na mensagem, ela começava bem, falando que o problema era com ela, não com ele, e que as pessoas simplesmente se afastavam, era o que faziam, e algum dia ela esperava que fossem amigos, mas que se ele tentasse alguma merda daquela com ela; se ele ao menos *pensasse,* porra, em fazer uma merda daquela com ela, seus quatro irmãos iriam saltar de um carro quando ele estivesse andando na Bucky Avenue e iriam acabar com ele. Peça alguma ajuda, Eric. Consiga alguma ajuda pra valer. Mas me deixe em paz.

Ele a deixou em paz. Ela se casou com Paul Giraldi, o eletricista, exatamente seis meses depois. Agora tinham três filhos.

E Eric ainda estava olhando a saída dos fundos de alguma pizzaria. Sozinho.

Ele pensou em recorrer a ela naquela manhã quando o sujeito gordo, Cousin Marv, foi até sua mesa, mas não queria fazer uma cena, perder seus privilégios mais uma vez. Em 2005 ele já fora afastado dali por seis meses, depois do incidente com a Sprite e pimentões, e aqueles foram os mais longos seis meses de sua vida, porque a Hi-Fi fazia as melhores pizzas na história da pizza.

Então ele permaneceu onde estava enquanto Cousin Marv tirava o casaco e se sentava diante dele.

"Eu ainda não recebi nenhuma Zima."

Eric continuou a comer, sem saber direito qual era a jogada.

Cousin Marv afastou o sal e o frasco de queijo parmesão de entre eles e olhou por sobre a mesa. "Por que você não gosta de meu primo?"

"Ele tomou meu cachorro." Eric recolocou o frasco de parmesão no lugar.

Cousin Marv disse: "Ouvi dizer que você o machucou".

"Me senti muito mal com aquilo." Eric tomou um golinho de Coca. "Isso importa?"

Cousin Marv olhou para ele de um modo que muita gente fazia — como se lesse seus pensamentos e os achasse desprezíveis.

Um dia desses vou fazer você se sentir desprezível, Eric pensou. *Fazer você chorar, sangrar e implorar.*

Cousin Marv disse: "Você ainda quer o cachorro de volta?".

Eric disse: "Eu não sei. Mas não quero seu primo rondando por aqui pensando que é o máximo. Ele precisa aprender".

"Aprender o quê?", perguntou Cousin Marv.

Eric disse: "Que ele não devia foder comigo. E agora você está fazendo o mesmo. Você acha que vou suportar isso?".

"Relaxe, eu vim com intenção de paz."

Eric mastigou um pouco de pizza.

Cousin Marv disse: "Você já puxou algum tempo?"

"Tempo?"

"Sim", disse Marv. "Numa prisão."

Eric terminou de comer sua fatia de pizza, sacudiu algumas migalhas das mãos. "Eu puxei uma cadeia."

"É mesmo?", disse Marv erguendo as sobrancelhas. "Onde?"

"Broad River."

Marv balançou a cabeça. "Não sei onde fica isso."

"Na Carolina do Sul."

"Merda", disse Marv. "Como você foi parar lá?"

Eric deu de ombros.

"Quer dizer que você cumpriu sua pena — de quanto, uns poucos anos — e voltou?"

"Isso aí."

"Como é que foi esse seu tempo na Carolina do Sul?"

Eric pegou sua segunda fatia de pizza, olhou para Cousin Marv por cima dela. "Como se o tempo tivesse voado."

DURANTE TODO O TEMPO QUE TORRES passou investigando o desaparecimento de Richie Whelan, dez anos antes, não conseguiu absolutamente nada. O cara simplesmente sumiu determinada noite. Saiu do Cousin Marv's Bar, disse que voltaria em quinze minutos, assim que conseguisse um pouco de fumo nas imediações. Aquela noite estava geladíssima. Na verdade mais que isso — o tipo de noite que fazia as pessoas investirem em terras de que nunca tinham ouvido falar na Flórida. Catorze graus negativos quando Richie Whelan saiu do bar às onze e quarenta e cinco. Torres fez mais algumas investigações, viu que o efeito de resfriamento do vento naquela noite fazia com que os catorze graus parecessem vinte e três graus negativos. Então lá está Richie Whelan andando depressa na calçada, a vinte e três graus negativos, tipo de frio que o faria sentir os pulmões e os espaços entre os dentes inferiores queimando. Não havia mais ninguém na rua naquela noite, porque só um maconheiro necessitado de maconha ou um viciado em cocaína em síndrome de abstinência seria capaz de encarar um tempo como aquele para dar uma caminhada à meia-noite. Ainda que a caminhada não passasse de três quarteirões, que era a distância exata entre o Cousin Marv's Bar e o lugar onde ele ia conseguir a droga.

Os fornecedores de Whelan naquela noite eram dois imbecis chamados Eric Deeds e Tim Brennan. Brennan deu um depoimento à polícia alguns dias depois afirmando que Richie Whelan não foi ao seu apartamento naquela noite. Quando perguntado sobre suas relações com Whelan, Tim Brennan respondeu: "Às vezes ele me comprava erva". Eric Deeds nunca prestara depoimento, seu nome só surgiu nos depoimentos pela boca dos amigos que Richie Whelan deixara no bar naquela noite.

Assim, se Torres aceitou que Brennan não tinha motivo para mentir, visto ter se mostrado razoavelmente acessível ao admitir negociar drogas com o desaparecido Richie Whelan, então era possível acreditar que Richie Whelan desaparecera a três quarteirões do Cousin Marv's Bar.

E Torres não podia afastar a suposição de que esse pequeno detalhe era muito mais significativo do que consideraram os detetives que tinham trabalhado antes no caso do desaparecimento de Whelan.

Por quê?, seu tenente, Mark Adeline, teria perguntado (se Torres fosse tolo o bastante para admitir que estava trabalhando num caso já meio antigo de responsabilidade de outra pessoa).

Porque esse filho da puta não comunga, responderia Torres.

No filme da vida de Torres, Mark Adeline se recostaria na cadeira, a névoa da sabedoria manifestando-se em seus olhos, e diria: "Hum, você pode achar alguma coisa aqui. Vou lhe dar três dias".

Na realidade, Adeline estava no pé dele para conseguir que aquela porra daquele assalto fosse esclarecido. E... bem. Uma nova classe de recrutas estava saindo da Academia. Isso significava que um monte de patrulheiros estava prestes a atuar em trajes de paisano. Assalto, Crimes Graves, Homicídio, Vícios — todos estariam à cata de sangue novo. E o sangue velho? Aqueles que buscavam informações sobre casos meio caducos de outros policiais enquanto seus próprios casos ficavam às moscas? Eles foram mandados para a Custódia de Bens ou para a inspeção de táxis e veículos de turismo, Relações Públicas ou, pior, para a Unidade Portuária, fazendo cumprir regras marítimas a uma porra de quinze graus negativos. Os casos de Evandro Torres se empilhavam em sua mesa e entupiam seu disco rígido. Ele tinha ordens para colher depoimentos sobre o assalto a uma loja de bebidas em Allston, um roubo na Newbury Street e uma gangue de assaltantes que atacavam farmácias em toda a cidade. Mais o assalto do Cousin Marv's. Mais as casas que estavam sendo atacadas ao meio-dia no South End. Mais os caminhões de entrega em Seaport, aos quais surrupiavam frutos do mar e carne congelada.

Mais, mais, mais. A merda se empilhava e continuava a empilhar-se cada vez mais enquanto a base se deslocava em direção a um homem. Antes que ele se desse conta, foi devorado pela pilha.

Torres foi andando até seu carro, dizendo consigo mesmo que iria a Seaport para interrogar, a respeito dos furtos, o motorista que se mostrara tão receptivo da última vez que conversaram e mascou chiclete como um esquilo masca nozes.

Mas em vez disso ele se dirigiu à central elétrica do Southie, o sol surgindo ao mesmo tempo em que o turno da noite chegava ao fim, e o contramestre lhe indicou Sean McGrath. McGrath era um dos velhos parceiros de Whelan e, de acordo com alguém com quem Torres havia conversado, o líder de um grupo de caras que prestavam homenagem a Glory Days uma vez por ano no aniversário do seu desaparecimento.

Torres se apresentou e começou a explicar por que fora até ali, mas McGrath levantou uma mão e chamou um dos outros caras. "Ei, Jimmy."

"Que é que há?"

"Para onde estamos indo?"

"Para o lugar."

"O lugar perto da delicatessen?"

Jimmy negou com a cabeça e acendeu um cigarro. "Outro lugar."

Sean McGrath disse: "Legal".

Jimmy fez um aceno e saiu com outros caras.

Sean McGrath voltou-se novamente para Torres. "Quer dizer que você está perguntando sobre a noite em que Richie sumiu?"

"Isso mesmo. Você tem algo a me dizer sobre isso?"

"Nada a dizer. Ele saiu do bar. Nunca mais o vimos."

"Só isso?"

"Só isso", disse McGrath. "Pode acreditar, ninguém gosta que tenha sido assim, mas foi. Ninguém mais o viu. Se existe um céu e eu for para lá, a primeira pergunta que vou fazer — mesmo antes de 'Quem matou John Kennedy?' ou 'Jesus está por aqui?' — vai ser 'Que diabos aconteceu com meu amigo Richie Whelan?'"

Torres viu que o sujeito estava apoiando-se ora num pé ora no outro, no frio da manhã, e percebeu que não poderia mantê-lo ali por muito tempo. "Em seu primeiro depoimento, você disse que foi para..."

"Conseguir erva, sim. Os caras normalmente a conseguem com aquele sacana. Tim Bennan e outro cara."

Torres consultou seu caderno de anotações. "Eric Deeds. Era o que constava de seu primeiro depoimento. Mas deixe-me perguntar-lhe uma coisa."

McGrath soprou as próprias mãos. "Claro."

"Bob Saginowski e Cousin Marv: onde eles estavam trabalhando naquela noite?"

Sean McGrath parou de soprar as mãos. "Você está querendo estabelecer uma relação deles com essa história"

Torres disse: "Eu estava só tentando...".

McGrath aproximou-se mais, e Torres sentiu no outro aquele raro acesso de exaltação de um homem que não suporta muita provocação. "Sabe de uma coisa, você me procura e diz que está na Assaltos. Mas Richie Whelan não foi roubado. E você me faz ficar aqui fora, sob as vistas de todos os caras que trabalham comigo, parecendo um delator. Então, tipo, obrigado por isso."

"Ouça, sr. McGrath..."

"Sabe, o Cousin Marv's é meu bar." Ele deu mais um passo em direção a Torres, lançou-lhe um olhar intenso, respirou fundo pelas narinas inflamadas. "Não foda com meu bar."

Ele brindou Torres com uma saudação trocista e seguiu pela calçada em direção a seus amigos.

ERIC DEEDS OLHOU PELA JANELA de seu segundo andar quando a campainha tocou pela segunda vez. Ele não conseguiu acreditar. Lá estava Bob, Bob Saginowski. O Problema. O Raptor de Cães. O Boa Praça.

Eric ouviu o ruído das rodas tarde demais, voltou-se e viu seu pai indo em sua cadeira de rodas para o vestíbulo, junto ao interfone.

Eric apontou para ele. "Volte para sua sala."

O velho olhou para ele como uma criança que ainda não sabia falar. Havia nove anos que o velho não falava, o que fez muita gente pensar que ele era fraco, retardado e o diabo, mas Eric sabia que o sacana ainda estava lá, vivendo por trás da pele. Ainda pensando em formas de pegar você, foder com você, providenciar para que o chão sob seus pés parecesse areia movediça.

A campainha tocou novamente, e o dedo do velho apertou sucessivamente os botões do interfone OUVIR, FALAR e ENTRAR.

"Eu lhe disse para não tocar em nada, porra."

O velho dobrou o dedo e colocou sobre o botão ENTRAR.

Eric disse: "Eu te jogo da janela. E jogo essa merda dessa cadeira barulhenta em cima de você enquanto estiver caído".

O velho congelou, sobrancelhas arqueadas.

"Estou falando sério."

O velho sorriu.

"Nem pense—"

O velho apertou ENTRAR e segurou o botão.

Eric atravessou o quarto e acertou o pai, o derrubando da cadeira. O velho só riu. Ficou lá sem a cadeira de rodas, rindo e com um olhar distante e pálido, como se ele pudesse ver um outro mundo, um mundo onde as pessoas também fossem uns merdas como nesse aqui.

BOB ACABARA DE SUBIR NA CALÇADA quando ouviu o barulho da porta abrindo. Ele subiu os degraus, cruzou a varanda e aproximou-se da porta no exato momento em que o ruído cessou.

Merda!

Bob tocou a campainha novamente. Esperou. Tocou mais uma vez. Esperou. Esticou o pescoço na extremidade da varanda, olhou para a janela do segundo andar. Voltou à campainha e tocou novamente. Depois de algum tempo, saiu da varanda, se pôs na calçada e olhou de novo para o segundo andar, perguntando-se se algum morador tinha deixado a porta dos fundos aberta. Isso era muito comum; podia ser também que o proprietário não prestasse muita atenção para ver se a madeira em volta da fechadura tinha apodrecido no inverno ou se os cupins a tinham comido. Mas o que Bob iria fazer? Invadir? Esse tipo de bobagem estava tão longe de sua perspectiva como da vida de um sósia seu ou de um gêmeo, com os quais ele nunca tivesse tido proximidade.

Olhou para a rua e deu com Eric Deeds bem à sua frente,

olhando para ele com aquela expressão de drogado na cara, como se tivesse sido finalista numa cerimônia de beatificação para pessoas que, quando crianças, tinham sido largadas de cabeça contra o chão. Ele devia ter se deslocado sorrateiramente pela viela lateral, concluiu Bob, e agora estava diante dele com a potência de um raio caído numa tempestade, silvando e agitando-se na rua.

"Você assustou meu pai."

Bob não disse nada, mas deve ter contorcido o rosto de certa maneira, porque Eric zombou dele com uma pantomima meticulosa, erguendo e abaixando a boca e as sobrancelhas.

"Porra, quantas vezes você acha que deve tocar a campainha antes de concluir que as pessoas não poderão responder, Bob? Meu pai é muito idoso. Ele precisa de paz, serenidade e o diabo."

"Desculpe", disse Bob.

Eric adorou aquilo. Ficou radiante. "Desculpe. É o que você tinha de dizer. O velho 'desculpe'." O sorriso sumiu do rosto de Eric, e algo tão desolado o substituiu — o olhar de um animalzinho com uma pata quebrada que se viu numa parte da floresta que não reconhecia — e então a desolação foi sepultada por uma onda de esperteza e frieza. "Bem, você me poupou uma viagem."

"Como assim?"

"De todo modo eu iria a sua casa mais tarde."

"Eu tive essa impressão", disse Bob."

"Devolvi seu guarda-chuva."

Bob aquiesceu.

"Poderia ter levado o cachorro."

Mais uma aquiescência de Bob.

"Mas não levei."

"Por que não?", perguntou Bob.

Eric olhou para a rua por um instante enquanto o trânsito da manhã começava a amainar. "Ele já não está em meus planos."

"Tudo bem", disse Bob.

Eric soltou ar frio pelas narinas e jogou um pouco de catarro na rua. "Dê-me dez mil."

"O quê?", perguntou Bob.

"Dólares. Amanhã de manhã."

"Quem tem dez mil dólares?"

"Você pode conseguir."

"Como diabos eu pod...?"

"Digamos... aquele cofre no escritório do Cousin Marv's. Pode ser o lugar por onde começar."

Bob balançou a cabeça. "Isso é impossível. Ele tem uma fechadura eletrônica...", principiou.

"... temporizada, eu sei", completou Eric acendendo um cigarro. O vento soprou a chama, que atingiu seu dedo. Ele sacudiu os dois até a chama apagar-se e soprou o dedo. "Abre às duas da manhã, e você tem noventa segundos para tirar o dinheiro do fundo do cofre, que dispara dois alarmes silenciosos, nenhum dos quais chega a uma delegacia de polícia nem a uma companhia de segurança. Pense nisso." Eric arqueou as sobrancelhas mais algumas vezes e deu uma tragada no cigarro. "Não sou ganancioso, Bob. Só que preciso de algum dinheiro para começar algum negócio. Não quero tudo o que está no cofre, apenas dez mil. Se você me der dez mil, eu sumo."

"Isso é ridículo."

"Então, é ridículo."

"A gente não se intromete na vida de alguma pessoa e..."

"A *vida* é assim... alguém como eu chegando até você quando você não está alerta nem preparado. No frigir dos ovos eu valho uma boa grana, Bob."

Bob disse: "Deve haver outra forma".

Eric Deeds arqueou as sobrancelhas novamente. "Você está estudando todas as suas opções, mas trata-se de opções para pessoas normais em circunstâncias normais. Não estou lhe propondo essas. Preciso dos meus dez mil. Você o consegue esta noite, eu os pego amanhã de manhã. Independentemente do que você esteja pensando, vou apostar na final do campeonato, pode acreditar. Simplesmente esteja em sua casa amanhã de manhã, às nove em ponto, com os dez mil. Se você não fizer isso, eu vou ficar pulando na cabeça daquela piranha Nadia até seu pescoço quebrar e não lhe sobrar mais rosto. Então vou bater com uma pedra na cabeça do cachorro. Olhe nos meus olhos e me diga em que parte desta minha fala eu estou mentindo, Bob."

Bob olhou os olhos dele. Não era a primeira vez em sua vida nem a última em que ele teve de controlar a náusea que lhe irritava o estômago diante da crueldade. Era a única coisa que ele podia fazer para não vomitar na cara de Eric.

"O que há de *errado* com você?", perguntou Bob.

Eric estendeu as mãos. "Muita coisa. Fui seriamente esmagado, Bob. E você levou meu cachorro."

"Você tentou matá-lo."

"Não", disse Eric balançando a cabeça como se acreditasse nisso. "Você ficou sabendo o que fiz com Richie Whelan, não é?"

Bob fez que sim.

Eric disse: "Aquele cara era um merda. Eu o peguei tentando comer minha garota, então *adeus, Richie*. Sabe por que o mencionei, Bob? Tive um parceiro na história de Richie. E ainda tenho. Então você acha que vai fazer alguma coisa comigo? Então vai passar o resto de seus dias de liberdade se perguntando quando meu parceiro vai abrir o bico para um policial". Eric jogou o cigarro na rua. "Mais alguma coisa, Bob?"

Bob não respondeu porra nenhuma.

"A gente se vê amanhã de manhã", disse Eric, deixando o outro na calçada e voltando para casa.

QUEM É ELE?", BOB PERGUNTOU A NADIA quando passeavam com Rocco no parque.

"Quem é ele?", disse Nadia. "Ou 'Quem é ele para mim?'"

O rio tinha congelado na noite anterior, mas o gelo já estava se quebrando com uma série de estalidos e gemidos. Rocco ficava tentando colocar uma pata na borda da margem, enquanto Bob o puxava para trás.

"Para você, então."

"Eu já lhe disse. Namoramos por algum tempo." Ela sacudiu os ombros estreitos. "Ele é um cara que cresceu na minha rua. Vive entrando e saindo da prisão. De hospitais também. As pessoas dizem que ele matou Richie Whelan algum tempo atrás."

"As pessoas dizem ou ele diz?"

Outro dar de ombros. "É a mesma coisa."

"Por que ele matou Richie Whelan?"

"Ouvi dizer que ele queria impressionar alguns caras durões da Stoughton Street."

"O bando de Leo."

Ela olhou para ele, o rosto uma lua branca sob o capuz preto. "É o que dizem."

"Então ele é um cara mau."

"Todos são maus."

"Não", disse Bob. "Não são. A maioria das pessoas é legal."

"Você acha?", disse ela com um sorriso de incredulidade.

"Acho. As pessoas... não sei, fazem um monte de bobagens e fazem mais outras tentando apagar as primeiras. Depois de algum tempo, a vida delas se resume a isso."

Ela fungou e riu ao mesmo tempo. "Quer dizer que é assim, é?"

"Às vezes é assim." Ele olhou para a cicatriz escura em volta do pescoço dela.

Ela notou. "Por que você nunca perguntou sobre isso?"

"Eu já lhe disse... acho que não seria delicado de minha parte."

Ela deu aquele seu sorriso pungente. "Delicado? Quem ainda conserva essas maneiras atualmente?"

"Ninguém", reconheceu ele. Aquela admissão pareceu um pouco trágica, como se muitas coisas a que se deveria dar importância no mundo tivessem saído de moda. Um dia a gente iria acordar e tudo teria acabado, como listas de músicas selecionadas ou jornais. "Foi Eric Deeds?"

Ela negou com a cabeça, depois aquiesceu. A seguir negou com a cabeça novamente. "Ele fez uma coisa comigo durante uma de suas... não sei... os psiquiatras chamam de 'surtos maníacos'. Não gostei nada daquilo. Tinha um monte de merda caindo na minha cabeça ao mesmo tempo, na verdade não foi só bem ele..."

"Foi sim."

"... mas ele definitivamente foi a gota d'água."

"Você mesma cortou a própria garganta?"

Ela fez pequenos e rápidos gestos de aquiescência. "Eu estava drogada."

Bob disse: "Você fez isso consigo mesma?".

Nadia disse: "Com um estilete. Um desses...".

"Oh, Deus. Não, sei do que se trata." Bob repetiu: "Você fez isso a si mesma?".

Nadia olhou para ele. "Eu era uma pessoa diferente. Sabe, eu não gostava nem um pouco de mim."

"Agora você gosta de você?", perguntou Bob.

Nadia deu de ombros.

Bob não disse nada. Ele sabia que se falasse mataria alguma coisa que merecia viver.

Depois de algum tempo, Nadia olhou para Bob, os olhos brilhando, e deu de ombros novamente.

Eles andaram um pouco.

"Você já o viu com Rocco?"

"Ahn?"

"Você viu? Quer dizer, ele morava em seu quarteirão."

"Não, acho que não."

"Você *acha* que não?"

Ela recuou um passo. "Quem é você neste instante, Bob? Porque você não está como era."

"Estou sim", ele lhe garantiu. Ele falou com mais suavidade. "Você alguma vez viu Eric Deeds com Rocco?"

Outra série de ligeiros gestos de aquiescência, como um passarinho mexendo a cabeça para tomar água.

"Então você sabia que o cachorro era dele."

Os acenos continuaram, curtos e rápidos.

"Que ele o jogou no lixo", acrescentou Bob com um leve suspiro.

"Isso mesmo."

Eles atravessaram uma pequena ponte de madeira sobre uma área de rio congelado, o gelo agora azul-claro e fino, mas mantendo-se firme.

"Então ele avisa que quer dez mil?", disse ela por fim.

Bob fez que sim.

"Mas se você perder esses dez mil?"

"Alguém vai pagar."

"Você?"

"E Marv. Nós dois. O bar já foi assaltado antes."

"Eles vão matar vocês?"

"Depende. Um grupo deles vai se reunir, os chechenos, os italianos, os irlandeses. Cinco ou seis caras parrudos tomando café num estacionamento, aí eles tomam uma decisão. Dez mil além dos cinco que perdemos no assalto... Não vai parecer nada bom." Ele olhou para o céu sem nuvens. "Quer dizer... eu podia arrumar dez por mim mesmo. Andei economizando."

"Para quê? Por que Bob Saginowski haveria de economizar?"

Bob ficou calado até ela deixar pra lá.

"Quer dizer que se você aparece com os dez...", disse ela.

"Não bastaria."

"Mas é esse valor que ele está pedindo."

"É verdade", disse Bob, "mas não é isso o que ele *quer*. Um sujeito morrendo de fome vê um saquinho de batatas fritas, certo? E é o único saquinho de batatas, quem sabe, para sempre. Ele come três ou quatro batatas a cada quatro horas; ele pode fazer esse saquinho durar cinco dias? Mas você acha que ele vai fazer isso?"

"Ele vai comer todo o conteúdo do saquinho."

Bob fez que sim.

"O que é que você vai fazer?"

Rocco tentou novamente aproximar-se da margem do rio, e Bob o puxou para trás. Ele inclinou o corpo e tocou no focinho do cachorro com o indicador. "Não, está bem? Não." Ele olhou para Nadia. "Não tenho a menor ideia."

13. Lembre-se de mim

NUMA RUA ELEVADA, acabava um jogo do Bruins. Cousin Marv teve de parar no meio-fio, com os policiais gritando a todos que seguissem em frente; as multidões acotovelavam-se e balançavam o chassi do Honda, os táxis tocavam as buzinas, a chuva deslizava aos borbotões pelo para-brisa feito *bouillabaisse*. Marv estava prestes a partir, sair do quarteirão — o que, com aquele trânsito, não demoraria menos de uma porra de uma meia hora —, quando Fitz surgiu do meio da multidão e parou bem perto da porta, olhando para Marv com um rosto chupado sob um capuz preto de vinil.

Marv abaixou o vidro da janela do lado do passageiro do surrado Honda de um amarelo desbotado. "Entre."

Fitz ficou onde estava.

"O que é?", disse Marv. "Você acha que forrei o porta-malas com plástico?" Ele abriu o porta-malas. "Veja você mesmo."

Fitz olhou na direção do porta-malas, mas não se mexeu do lugar. "Não quero entrar aí."

"É mesmo? Temos de conversar."

"Eles pegaram meu irmão", gritou Fitz em meio ao barulho da chuva.

Marv balançou a cabeça, compreensivo. "Não sei se o policial do cruzamento ouviu isso. Ou esse que está logo atrás de você, Fitzy."

Fitz olhou para o jovem policial que controlava a multidão alguns metros atrás dele. Por enquanto estava distraído. Mas isso podia mudar.

Marv disse: "A gente está demorando muito. Umas duas mil pessoas, inclusive policiais, nos viram conversando junto deste carro. Está um frio do diabo. Entre".

Fitz avançou um passo em direção ao carro e parou. Depois chamou: "Policial! Policial!".

O jovem policial se voltou e olhou para ele.

Fitz apontou para o próprio peito e depois para o Honda. "Você se lembra de mim, não é?"

O policial apontou. "Tire esse carro daí!"

Fitz levantou o polegar.

"Meu nome é Fitz."

O policial gritou: "Tire esse carro daí!".

Fitz abriu a porta, mas Marv o impediu. "Feche o porta-malas, tá?"

Fitz correu sob a chuva, fechou o porta-malas e entrou no carro. Cousin Marv levantou o vidro da janela, e eles se afastaram do meio-fio.

Logo depois, Fitz levantou o casaco, pegou o 38 enfiado na cintura. "Não foda comigo. Não ouse fazer isso, porra. Está ouvindo? Está ouvindo?"

Cousin Marv disse: "Sua mamãe pôs essa arma na sua lancheira para você? Meu Deus, portando uma arma como se estivesse numa porra dum estado que vota nos republicanos, temendo que os porto-riquenhos venham tomar o seu emprego e os negros venham pegar sua mulher. É isso?".

Fitz disse: "Da última vez que meu irmão foi visto vivo, ele entrou num carro com um cara".

Cousin Marv disse: "Seu irmão provavelmente também estava armado".

"Foda-se, Marv."

"Escute, sinto muito, Fitz, sinto mesmo. Mas você me conhece... não sou homem de sair por aí atirando nas pessoas. Sou apenas um gerente de bar no maior cagaço. Quero encontrar uma porra duma maneira de dar um jeito na merda deste ano." Marv olhou pela janela enquanto eles avançavam no trânsito congestionado rumo à Storrow Drive. Ele olhou para a arma novamente. "Seu pau fica maior se você ficar me apontando essa arma de forma enviesada no estilo dos gângsteres?"

Fitz disse: "Você é um babaca, Marv".

Marv deu uma risadinha. "Diga-me alguma coisa que eu não sei."

O trânsito ficou um pouco mais leve em Storrow e desviava para oeste.

"Nós vamos morrer", disse Fitz. "Você consegue pôr isso na cabeça?"

Cousin Marv disse: "É um risco que corremos para conseguir uma recompensa em troca, Fitzy. Já assumimos o risco e, sim, parece que as coisas não estão dando muito certo".

Fitz acendeu um cigarro. "Mas?"

"Mas eu sei onde a dinheirama vai ficar guardada amanhã. Uma bolada. Você quer vingar o seu irmão? A coisa chega a um milhão."

Fitz disse: "Um puta suicídio".

Cousin Marv disse: "De todo jeito, a esta altura, nós dois estamos esperando morrer mesmo. Prefiro fugir com uma boa bolada a meter o pé na estrada a zero".

Fitz refletiu um pouco sobre isso, batendo o joelho direito repetidas vezes sob o porta-luvas. "Não quero entrar numa dessas novamente, cara."

Cousin Marv disse: "Você é quem sabe. Não vou lhe pedir ajuda para ganhar um milhão de dólares de uma só vez".

"Nunca vi minha parte dos cinco mil que pegamos da primeira vez."

Cousin Marv disse: "Mas você ficou com ela".

Fitz disse: "Quem ficou foi Bri".

O trânsito tinha diminuído consideravelmente quando eles estavam passando pelo Estádio Harvard, o primeiro estádio de futebol do país: mais um edifício onde parecia que ririam dele se algum dia tentasse entrar lá. Era isso o que aquela cidade fazia — esfregava sua história em sua cara o tempo todo, de forma que você pudesse se sentir menor à sombra dela.

Cousin Marv dobrou a oeste, acompanhando o rio, e agora quase não havia ninguém na estrada. "Eu vou saldar isso com você."

Fitz disse: "O quê?".

"Estou falando sério. Mas vou querer algo em troca: primeiro, não diga porra nenhuma do que eu lhe disse. Segundo, você sabe de algum lugar onde eu possa ficar escondido por alguns dias?"

Fitz disse: "Você está sem ter onde ficar?".

Então eles ouviram um forte som metálico. Marv olhou pelo retrovisor e viu a tampa do porta-malas trepidando na chuva.

"Diabo de porta-malas. Você não o fechou."

"Eu o fechei", disse Fitz.

"Não fechou direito."

A tampa do porta-malas continuou a balançar pra cima e pra baixo.

Cousin Marv disse: "E... não, não estou sem ter onde ficar, mas todo mundo sabe onde moro. Quanto a você, *eu* não sei nem onde você vive".

A tampa do porta-malas bateu contra o carro novamente.

Fitz disse: "Eu fechei aquele troço".

"É o que você diz."

"Foda-se, pare. Deixe-me fechar."

Marv parou num dos estacionamentos, ao longo do Charles, que se dizia ser lugar de encontros de homossexuais casados com mulheres em sua vida normal. O único carro em todo o estacionamento era um velho trambolho esculhambado americano que parecia estar ali havia uma semana, neve antiga na grade travando uma batalha perdida contra a chuva. Era sábado, Marv se lembrava, o que significava que os homossexuais provavelmente estavam em casa com suas mulheres e filhos, fingindo não gostar de um pau e dos filmes de Kate Hudson. O lugar estava deserto.

Marv disse a Fitz: "Posso ficar na sua casa ou não? Só hoje à noite e, talvez, amanhã à noite também".

Ele parou o carro.

Fitz disse: "Na minha casa não, mas sei de um lugar".

Cousin Marv disse: "Tem TV a cabo?".

Fitz disse enquanto saía do carro: "Que porra você quer?".

Ele correu até a traseira do carro, fechou o porta-malas com uma mão, voltou à porta do passageiro e sacudiu a cabeça quando a tampa do porta-malas tornou a se abrir.

Marv viu o rosto de Fitz crispar-se de raiva. Ele correu para a traseira do carro novamente, segurou a tampa do porta-malas com as duas mãos e bateu-a com tanta força que o carro inteiro estremeceu, inclusive Marv e tudo o mais.

Então as luzes do freio que banhavam seu rosto de vermelho se apagaram. Seu olhar cruzou com o de Marv no retrovisor, e na última hora percebeu qual era a jogada. O ódio que refulgiu em seus olhos parecia dirigido menos contra Marv e mais contra sua própria estupidez.

O Honda se sacudiu todo quando Marv deu uma ré e lançou-se sobre Fitz. Ele ouviu um grito, só um, e mesmo este foi longínquo, e era fácil imaginar que o que estava se arrastando sob o carro era um saco de batatas ou um grande peru de Natal.

"Foda-se, cara", Marv ouviu a própria voz na chuva. "Foda-se, foda-se, foda-se."

E então ele meteu o carro em cima de Fitz. Pisou no freio. Deu ré e fez tudo novamente.

Depois de mais algumas vezes, deixou o corpo onde estava. Não precisou passar um pano no Honda — a melhor coisa do inverno é que todos usavam luvas. A gente podia dormir com elas à noite, e ninguém desconfiava de nada, apenas se perguntava onde podia comprar um par também.

Quando ele saiu do Honda, olhou para o estacionamento onde jazia o corpo de Fitz. Dali mal se podia vê-lo. Daquela distância, aquilo poderia ser um monte de folhas molhadas ou neve antiga derretendo-se sob uma chuva constante. Diabos, daquela distância o que ele achava era que o corpo de Fitz podia ser uma ilusão de ótica, um jogo de luz e sombra.

Eu sou, Marv pensou naquele momento, tão perigoso quanto qualquer sujeito perigoso que existe. Eu tirei uma vida.

Não era uma ideia desagradável.

Marv pegou o carro e foi embora. Pela segunda vez naquela semana ele se lembrou de que precisava de novos limpadores de para-brisa.

BOB DESCEU OS DEGRAUS DO PORÃO com Rocco nos braços. A sala principal estava vazia e limpa, o piso de pedra e as paredes também de pedra eram pintados de branco. Contra a parede oposta ao pé da escada havia um tanque preto de óleo. Bob passou por ele, como sempre fazia — rapidamente e de cabeça baixa — e levou Rocco para um canto do porão onde seu pai havia instalado uma pia muitos anos atrás. Ao lado da pia havia algumas prateleiras com diversas ferramentas velhas, botas e latas de tinta. Acima dela havia um armário. Bob pôs Rocco na pia.

Ele abriu o armário. Estava cheio de vasilhames com pregos e parafusos e com latas de removedor de tinta. Pegou uma lata de café o'Nuts e a colocou ao lado da pia. Sob o olhar de Rocco, retirou um saco plástico cheio de pequenos pinos. Então tirou um maço de notas de cem dólares. Havia outros maços de dólares. Mais cinco. Bob sempre imaginou que algum dia, quando morresse, alguém daria com aquela lata quando estivesse limpando a casa e embolsaria o dinheiro, prometendo-se manter segredo. Mas, naturalmente, a coisa não se daria assim, e a história vazaria e se tornaria uma lenda urbana — o cara que encontrou cinquenta mil dólares numa lata de café no porão da casa de um velho solteirão. A ideia sempre o agradara, não sabia bem por quê. Ele pôs o maço no bolso, o plástico de parafusos em cima, fechou a lata de café. Colocou-a no armário, depois o fechou e o trancou.

Bob contou o dinheiro com a velocidade que só bartenders e funcionários de cassino são capazes. Estava todo lá. Dez mil. Ele sacudiu o maço na frente de Rocco, abanando o rosto com ele.

Bob disse: "Você vale isso?".

Cabeça inclinada, o cãozinho olhou para ele.

"Eu não sei", disse Bob. "É um monte de dinheiro."

Rocco pôs as patas dianteiras na beira da pia e mordiscou os pulsos de Bob com seus dentinhos afiados de filhote.

Bob puxou-o para si com a mão livre e apertou o rosto contra a cara do animal. "Eu estou brincando. Você vale isso, sim."

Ele e Rocco saíram da sala dos fundos. Dessa vez, quando chegou ao tanque de óleo, ele parou. Ficou diante dele de cabeça baixa e então levantou a vista. Pela primeira vez em anos olhou diretamente para ele. Os tubos que tinham sido conectados a eles — um tubo receptor para captar óleo através da parede de fora e um tubo aquecedor para aquecer a casa — há muito haviam sido retirados, e os buracos, tapados.

Dentro, em vez de óleo, havia lixívia, sal-gema e, àquela altura, ossos. Apenas ossos.

Em seus dias mais negros, quando ele quase perdeu a fé e a esperança, quando dançara desesperado e a prendera à noite em seus lençóis, sentiu partes de seu cérebro soltarem-se, como se os protetores contra calor de uma nave espacial tivessem se chocado com um asteroide. Imaginou aquelas partes de seu corpo girando no espaço, para jamais voltarem.

Mas elas voltaram. E muito dele também voltou.

Ele subiu a escada com Rocco, voltou-se, olhou para o tanque de óleo uma última vez.

Pai, abençoa-me...

Ele apagou a luz; ouvia a respiração de seu cão no escuro.

... porque eu pequei.

14. Outros eus

FINAL DE CAMPEONATO, DOMINGO.

Mais apostas em dinheiro do que seriam feitas no resto do ano na liga de basquete, na Copa Stanley, no Derby de Kentucky, no campeonato de beisebol e no campeonato mundial ao mesmo tempo. Se as cédulas de papel ainda não tivessem sido inventadas, teriam de ser criadas só para suportar o volume das apostas daquele dia. Senhorinhas que não sabiam distinguir uma bola de pele de porco de pés de porco de verdade tinham seu palpite sobre os Seahawkes; guatemaltecos ilegais que carregavam os baldes da faxina achavam que Manning era a coisa mais próxima da segunda volta de Nosso Senhor e Salvador. *Todos apostavam,* todo mundo assistia.

Enquanto esperava que Eric Deeds aparecesse em sua casa, Bob se permitia uma segunda xícara de café, porque sabia que o dia mais longo daquele ano estava em curso. Rocco estava deitado no chão aos seus pés, mascando um brinquedo de corda. Bob tinha posto os dez mil dólares no meio da mesa e arrumara as cadeiras devidamente. Por via das dúvidas, colocou sua cadeira junto da gaveta do balcão de seu pai, onde estava a 32 que fora dele. Por via das dúvidas, abriu a gaveta e olhou para dentro dela. Abriu e fechou a gaveta pela vigésima vez, certificando-se que ela estava deslizando direito. Só por via das dúvidas. Sentou-se e tentou ler *The Globe,* depois *The Herald.* Pôs as mãos em cima da mesa.

Eric não apareceu.

Bob não sabia o que fazer diante daquilo, mas a coisa pesou em seu estômago, instalou-se ali feito um caranguejo, cavando um caminho de um lado para outro, instigado pelo medo.

Bob esperou um pouco mais, depois mais um pouco, mas finalmente ficou muito tarde para continuar esperando.

Ele deixou a arma no lugar onde estava. Pôs o dinheiro numa sacola de compras de plástico, colocou-a no bolso do casaco e pegou a trela.

No carro, colocara a casinha do cachorro, dobrada, no banco traseiro, junto com um lençol, alguns brinquedos para morder, uma tigela e comida de cachorro. Pôs uma toalha no banco do passageiro da frente, acomodou Rocco nela, e partiram para viver seu dia.

DIANTE DA CASA DE COUSIN MARV, Bob certificou-se de que o carro estava trancado e o alarme ligado, depois deixou Rocco dormitando lá dentro e bateu à porta do primo.

Dottie estava encolhida em seu casaco quando abriu a porta para ele entrar. Bob ficou no vestíbulo com ela, batendo o sal da sola de suas botas.

"Para onde você está indo?", ele perguntou a Dottie.

"Trabalhar. Um período e meio nos fins de semana, Bobby."

"Pensei que você tinha se aposentado precocemente."

Dottie disse: "Para quê? Vou trabalhar mais um ano ou dois, esperar que a flebite não piore muito e ver como ficam as coisas. Faça com que o meu irmãozinho coma alguma coisa. Deixei um prato na geladeira".

Bob disse: "Certo".

Dottie respondeu: "Ele só precisa esquentá-lo por um minuto e meio no micro-ondas. Tenha um bom dia".

"Você também, Dottie."

Dottie voltou-se para dentro de casa e gritou na maior altura: "Estou indo trabalhar!".

Cousin Marv disse: "Bom dia, Dot".

Dottie gritou: "Você também. Coma alguma coisa!".

Dottie e Bob beijaram-se no rosto, e então ela se foi.

Bob seguiu pelo corredor para a sala de Cousin Marv, encontrou-o sentado numa poltrona reclinável assistindo à TV. Estava passando um programa em que Dan Marino e Bill Cowher escreviam *Xs* e *Os* num quadro, vestidos com seus ternos de quatro mil dólares.

Bob disse: "Dottie disse que você precisa comer".

Cousin Marvin respondeu: "Dottie diz um monte de coisas. E na maior altura".

Bob disse: "Ela precisa fazer isso para que você ouça".

Cousin Marvin disse: "E isso significa exatamente o quê? É porque eu sou devagar".

Bob disse: "Hoje é o maior dia do ano, e eu não consigo falar com você pelo telefone".

Cousin Marv disse: "Eu não vou. Arrume empregados temporários".

"Arrumar empregados temporários. Já fiz isso. É o dia da final do campeonato de futebol americano."

Cousin Marv disse: "Então por que você precisa de mim?".

Bob sentou na outra poltrona reclinável. Quando criança, ele gostava daquela sala, mas à medida que os anos foram passando e ela continuava exatamente a mesma, exceto por uma TV nova a cada cinco anos, aquilo lhe doía muito. Como a página de um calendário que ninguém se dava mais ao trabalho de virar.

Bob disse: "Eu não preciso de você. Mas você está matando o trabalho no maior dia do ano?".

"Oh, agora eu trabalho a troco de gorjetas." Cousin Marv olhou para a tela, vestido numa ridícula camisa vermelha, branca e azul dos Patriots, com calças combinando. "Você já viu o nome do bar? É o meu. Sabe por quê? Porque já foi meu."

Bob disse: "Você acalenta essa perda como se fosse o seu pulmão saudável".

Cousin Marv voltou a cabeça depressa e lhe lançou um olhar duro: "Você tem estado atrevido feito o diabo depois que arrumou esse cachorro que confunde com uma criança".

Bob disse: "Não posso remediar isso. Eles pressionaram, você vacilou. Acabou. A coisa acabou".

Cousin Marv estendeu a mão para a alavanca do lado da cadeira. "Não fui eu quem passou a vida inteira esperando que isso começasse."

Bob disse: "Foi isso que eu fiz?".

Cousin Marv puxou a alavanca, deixou que os pés descessem até o chão. "Sim. Por isso, foda-se você e a porra dos seus sonhozinhos babacas. Houve um tempo em que eu tinha medo. Sabe aquela porra daquele banco onde você deixou aquela velha tagarela se sentar? Aquele era meu banco no bar. E ninguém se sentava nele porque era o banco do Cousin Marv. Isso tinha lá sua importância."

"Não, Marv", disse Bob. "Era só um assento."

Os olhos de Cousin Marv voltaram-se para a TV. Agora Boomer e JB estavam lá, rindo desbragadamente.

Bob inclinou-se para a frente, falou de forma bem suave, mas bastante clara. "Você está agindo de forma desesperada novamente? Marv, ouça o que lhe digo. Você está fazendo alguma coisa em que poderemos dar um jeito desta vez?"

Cousin Marv recostou-se em sua poltrona até o descanso ficar novamente sob suas pernas. Ele não queria olhar para Bob. Acendeu um cigarro. "Suma daqui, porra. Estou falando sério."

NO FUNDO DO BAR, Bob colocou a casinha de Rocco, ajeitou a manta nele, jogou os brinquedos para morder, mas deixou Rocco rondando ali perto por algum tempo. O pior que podia acontecer era o cãozinho fazer cocô em algum lugar, e eles tinham material de limpeza e uma mangueira para resolver o problema.

Ele foi para o fundo do bar, tirou a sacola com os dez mil dólares do casaco e colocou-a na prateleira ao lado da mesma 9 milímetros semiautomática que Cousin Marv tivera a sabedoria de não usar na ocasião do assalto. Recolocou o dinheiro e a arma na prateleira, escondendo-os com um jogo de descansos de copo envolvidos em plástico. E pôs mais um jogo na frente do primeiro.

Ficou olhando Rocco correndo por ali, farejando todos os lugares — por um bom tempo —, e sem Marv lá, como deveria estar, ainda mais naquele dia especial, Bob via cada polegada do mundo como areia movediça. Não havia nenhum ponto de apoio seguro. Não havia lugar onde ele pudesse firmar os pés.

Como a coisa tinha chegado àquele ponto?

Você deixou o mundo entrar, Bobby, disse uma voz que parecia tremendamente com a de sua mãe. Você deixou o mundo gotejante de pecados entrar. E a única coisa que ele encerra é escuridão.

Mas, Mãe?

Sim, Bobby.

Era tempo. Eu não podia simplesmente viver para o outro mundo. Agora eu preciso viver neste.

Assim falam os caídos. Assim eles têm falado desde o começo dos tempos.

ELES TROUXERAM UM TIM BRENNAN magro para a sala de visitas da Concord Prison e o sentaram diante de Torres.

Torres disse: "Sr. Brennan, obrigado por me receber".

Tim Brennan disse: "O jogo já vai começar. Não quero perder meu lugar".

"Nada de preocupações. Vou ficar aqui só um instantinho", respondeu Torres. "O que você pode me contar sobre Richie Whelan? Alguma coisa?"

Brennan teve um súbito e violento acesso de tosse. Era como se ele estivesse se afogando em catarro e navalhas. Quando finalmente conseguiu se controlar, passou mais um minuto apertando o peito e ofegando. Quando tornou a olhar para Torres por cima da mesa, fez isso com os olhos de um homem que já vislumbrara o outro lado.

Tim Brennan disse: "Eu disse aos meus filhos que tinha um vírus no estômago. Eu e minha mulher não sabemos como lhes contar. Eu tenho aids. Assim a gente continua com essa história até eles estarem preparados para a verdade. O que você quer?".

"Como?", perguntou Torres.

"Você quer que eu fale sobre a noite em que Richie Whelan morreu ou quer a verdade?"

O couro cabeludo de Torres coçou como sempre fazia quando um caso estava para ser resolvido, mas ele manteve o rosto inexpressivo, o olhar cordial e receptivo. "O que você quiser dizer hoje, Tim."

ERIC DEEDS INVADIU a casa de Nadia com um cartão de crédito e aquele tipo de chave de fenda minúscula que se usa em hastes de óculos. Foram necessárias catorze tentativas, mas não havia ninguém na rua, por isso ninguém o viu na varanda. Todos já tinham feito suas compras — cerveja e batatas fritas, patê de alcachofra e de cebola, salsa, asas de frango e costelas, pipoca — e agora estavam recolhidos esperando o início da partida, para o qual ainda faltavam três horas, mas ora... quem dá bola para o tempo quando se começou a beber ao meio-dia?

Uma vez dentro da casa, ele parou e ficou à escuta enquanto punha no bolso a chave de fenda e o cartão de crédito, que ficara bem danificado no processo. Mas foda-se. De qualquer forma, ele fora cancelado já havia alguns meses.

Eric avançou pelo corredor, abriu as portas da sala de estar, da de jantar, do banheiro e da cozinha.

Então subiu ao quarto de Nadia.

Foi direto ao closet. Examinou as roupas dela. Farejou um pouco. As roupas tinham o mesmo cheiro dela — uma leve mistura de laranja, morango e chocolate. Esse era o cheiro de Nadia.

Eric sentou-se na cama.

Diante do espelho, ajeitou os cabelos com os dedos.

Eric puxou os cobertores da cama dela. Tirou os sapatos. Encolheu-se em posição fetal, sorriu. Sentiu o sorriso penetrar-lhe o sangue, espalhar-se por todo seu corpo. Sentiu-se seguro. Como se tivesse voltado para o útero. Como se pudesse viver num meio líquido novamente.

DEPOIS QUE O BABACA DO SEU PRIMO FOI EMBORA, Marv foi trabalhar na mesa da cozinha. Colocou vários sacos plásticos de lixo verdes na mesa e, com todo o cuidado, colou-os uns aos outros com fita isolante. Pegou uma cerveja na geladeira e bebeu, olhando para os sacos na mesa. Como se alguma fita estivesse se dobrando.

Mas não havia nada disso. Nunca havia acontecido.

Um tanto aborrecido porque percebera, lá em sua cozinha nojenta, o quanto iria sentir falta daquilo. De sua irmã, daquela casa e até do bar e de seu primo Bob.

Mas não era possível dar um jeito naquilo. Afinal de contas, a vida era sofrimento. E alguns sofrimentos — aqueles aos quais você se entregava numa praia na Tailândia, por exemplo, além daqueles que você padecia num cemitério da Nova Inglaterra — eram mais fáceis de engolir que outros.

Para a Tailândia. Ele levantou a cerveja brindando a cozinha vazia e a bebeu.

ERIC SENTOU-SE NO SOFÁ na sala de estar de Nadia. Tomou uma Coca que tinha pegado na geladeira dela — bem, na geladeira *deles*, ela logo haveria de ser deles — e olhou para o papel de parede desbotado que já devia estar ali desde que ela nasceu. Aquela era a primeira coisa que teria de ir embora, aquele velho papel de parede da década de 1970. Aquela década já estava longe, e mesmo o século XX. Agora era uma nova época.

Quando ele terminou a Coca, levou a lata para a cozinha e fez um sanduíche com alguns petiscos que encontrou na geladeira.

Ouviu um barulho, olhou para o vão da porta e lá estava ela. Nadia. Olhando para ele. Curiosa, claro, mas não assustada. Olhando-o bondosamente. Com uma expressão calorosa.

Eric disse: "Oh, ei. Como vai você? Fique aqui um pouco. Venha, sente-se".

Ela permaneceu onde estava.

Eric disse: "Isso mesmo, sente-se. Sente-se. Quero lhe dizer algumas coisas. Tenho alguns planos. Sim. Planos. Certo? Toda uma nova vida esperando lá fora, para aqueles, para aqueles, para aqueles que têm audácia."

Eric balançou a cabeça. Ele não estava gostando daquela sua maneira de se expressar. Abaixou a cabeça, olhou para o vão da porta novamente. Estava vazio. Ficou olhando para a porta até ela aparecer, e ela não estava mais de jeans e roupa de trabalho xadrez. Estava com um vestido preto com bolinhas minúsculas, e sua pele... sua pele brilhava.

"Oh, *ei*", disse Eric alegremente. "O que está havendo, garota? Venha, pegue uma cadei..."

Ele parou ao som de uma chave girando na fechadura da porta da frente. A porta se abriu, se fechou. Ele ouviu uma bolsa sendo pendurada num gancho. Chaves caíram numa mesa. Barulho de botas sendo jogadas no chão.

Ele se acomodou numa cadeira para dar a impressão de se sentir à vontade, despreocupado. Sacudiu delicadamente as migalhas de pão das mãos e tocou os cabelos para se certificar de que estavam no lugar.

Nadia entrou. A verdadeira Nadia. Blusão com capuz e calça estilo militar. Erick teria preferido um aspecto um pouco menos andrógino, mas não disse isso a ela.

Ela o viu e abriu a boca.

"Não grite", disse ele.

AS COISAS COMEÇARAM A ESQUENTAR de verdade quatro horas antes do jogo. O que era um bom momento, porque foi quando a equipe de trabalho temporário apareceu. Eles já estavam entrando em ação, colocando os aventais, arrumando os copos quando Bob encontrou-se com o supervisor deles, um homem ruivo com uma daquelas caras de lua que não envelhecem nunca. Ele disse a Bob: "Eles estão contratados até a meia-noite. O que passar disso vai ser cobrado à parte. Eu trouxe dois auxiliares de serviços gerais. Eles fazem todo o serviço de recolha de lixo, fornecimento de gelo. Se você pedir a um dos bartenders que faça isso, ele vai começar a recitar as leis sindicais como o Livro de Ezequiel".

Ele passou a prancheta a Bob, que a assinou.

Quando ele voltou para dentro do bar, o primeiro homem do dinheiro estava entrando pela porta. Ele jogou um jornal no balcão, um envelope de papel manilha apontando dentre as dobras; Bob empurrou-o para fora do balcão e largou-o em qualquer lugar atrás deste. Quando ele se voltou, o homem tinha ido embora. Era o tipo de noite em que o negócio era só trabalho, nada de firulas.

COUSIN MARV SAIU de sua casa, foi até o carro, abriu o porta-malas, pegou os sacos de lixo colados e os colocou de viés dentro do porta-malas vazio. Ele usou mais fita isolante para lacrar as bordas.

Voltou para casa, pegou a colcha no vestíbulo, onde ele colocava as roupas e calçados úmidos, e estendeu-a sobre o plástico. Examinou o trabalho que fizera por uns poucos segundos. Então fechou o porta-malas, colocou a valise atrás do banco do motorista e fechou a porta.

E voltou para casa para imprimir as passagens de avião.

DAQUELA VEZ, QUANDO TORRES parou ao lado do carro (sem o distintivo da polícia) de Lisa Romsey no Pen' Park, ela estava sozinha. Aquilo o fez se perguntar se eles podiam fazer como antigamente no banco de trás, fingir estar num drive-in que havia ali, fingir ser crianças bobas e que toda uma vida — para os dois — os esperava, ainda intocada pelas marcas de varicela de decisões equivocadas e pelas escoriações das falhas costumeiras, grandes e pequenas.

Ele e Romsey tornaram a incorrer em um erro na semana anterior. Naturalmente, uma das causas foi o álcool. Depois ela disse: "É só isso que sou?".

"Para mim? Não, *chica*, você é..."

"Para mim", disse ela. "É só isso o que eu sou para mim?"

Ele não sabia que diabos ela queria dizer com aquilo, mas sabia que não era nada bom, então ficou na dele até que ela o chamou naquela manhã e lhe disse que se mandasse para o Pen' Park.

A caminho, ele ensaiara uma fala, para o caso de ela lhe lançar aquele olhar que lhe lançara depois de transarem, aquele olhar desesperado de quem está se odiando, como se estivesse olhando a toca do coelho de Alice no meio de si mesma.

"Baby", ele lhe diria, "somos como cópias um do outro. É por isso que não conseguimos nos deixar. Nós olhamos um para o outro e não julgamos. Não condenamos. Simplesmente aceitamos."

Aquilo lhe soara melhor quando ele bolou na outra noite no bar, sentado sozinho, rabiscando. Mas ele sabia que, se estivesse olhando nos olhos dela, bebendo neles, iria acreditar naquilo naquele momento, acreditar em cada palavra. E iria convencê-la.

Quando ele abriu a porta e deslizou para o lado do passageiro, notou que ela estava muito bem vestida — um vestido de seda verde-escuro, sapatilhas pretas, casaco preto que parecia ser de caxemira.

Torres disse: "Você está uma gostosura. Caramba".

Romsey revirou os olhos, estendeu a mão entre os bancos, pegou uma pasta e jogou-a no colo dele. "A vida psíquica de Eric Deeds. Você tem três minutos para ler, e é melhor que seus dedos não estejam engordurados."

Torres levantou as mãos, sacudiu os dedos. Romsey pegou um estojo em sua bolsa e começou a aplicar blush no rosto, olhando-se no retrovisor.

"É melhor começar a ler", disse ela.

Torres abriu a pasta e viu o nome estampado no alto — DEEDS, ERIC — e se pôs a ler rapidamente.

Romsey pegou um batom e começou a usar.

Torres, olhos na pasta, disse a ela: "Não faça isso, *chica*, você tem lábios mais vermelhos que um pôr do sol jamaicano e mais carnudos que uma serpente da Birmânia. Não foda com o que é impecável".

Ela olhou para ele. Parecia tocada. Mas ainda assim aplicou o batom. Torres suspirou.

Ele disse: "É como usar tinta para casa numa Ferrari. Afinal de contas, com quem você vai sair?".

"Com um cara."

Ele virou uma página. "Um cara. Que cara?"

"Um cara especial", disse ela, e alguma coisa em seu tom de voz fez com que ele levantasse a vista. Pela primeira vez ele notou que, além de parecer fogosa, ela parecia saudável. Como se estivesse acesa por dentro. Era uma luz que banhava o carro tão completamente que ele não conseguiu entender como não percebera antes.

"Onde você conheceu esse cara especial?"

Ela apontou para a pasta: "Continue lendo. O relógio não para".

Ele continuou a leitura.

"Estou falando sério", disse ele. "Esse cara especial. Ele..."

A voz dele fraquejou. Ele tornou a examinar a página com a lista das prisões e internamentos em instituições diversas. Teve a impressão de ter lido uma data errada, virou uma página, depois outra.

Comentou: "Bem, vou me foder".

"Como se você já não estivesse fodido." Ela apontou para a página. "Isso aí ajuda alguma coisa?"

"Não sei", ele respondeu. "Com certeza este troço esclareceu uma puta duma questão."

"O que é bom, não é?"

Ele deu de ombros. "Respondeu a uma questão, sim, mas abriu um porrilhão de outras." Torres fechou a pasta, seu sangue frio como o Atlântico. "Preciso tomar um drinque. Pego um pra você também?"

Romsey lhe lançou um olhar de incredulidade. Ela fez um gesto indicando suas roupas, seus cabelos, sua maquiagem. "Tenho outros planos, Evandro."

"Fica para outra, então", disse Torres.

E a detetive Lisa Romsey balançou a cabeça para ele devagar, com uma expressão triste. "Sabe esse cara especial? Eu o conheço por quase toda a minha vida. Faz um bom tempo. Ele ficou longe durante anos, mas a gente mantinha contato. O casamento dele também não deu certo, então ele voltou. Um dia, algumas semanas atrás, sabe? Eu estava tomando café com ele e percebi que quando ele olha para mim, ele me vê."

"Eu vejo você."

Ela balançou a cabeça. "Você só vê a parte de mim que se parece com você. E que não é a melhor parte, Evandro. Desculpe. Mas meu amigo... meu *amigo,* sabe? Ele me olha e vê o que tenho de melhor." Ela estalou os lábios. "E sabe o que isso significa?" Ela deu de ombros. "Amor."

Ele ficou observando-a por um instante. Lá estava então,

sem aviso prévio, o fim deles. Fosse lá o que fosse "eles". Já era. Ele lhe passou a pasta.

Ele saiu do carro dela, que foi embora antes mesmo de ele chegar ao próprio carro.

15. Hora de fechar

OS HOMENS DA GRANA ENTRARAM E SAÍRAM, entraram e saíram a noite inteira. Bob enfiou tanto dinheiro pela fenda que teve certeza de que ouviria aquele som em seus sonhos durante muitos dias.

Três entraram no bar ao longo de todo o jogo; ele observou um súbito vazio na multidão logo depois do primeiro tempo e viu Eric Deeds sentado à mesa vacilante sob o espelho com o anúncio de cerveja Narragansett. Deeds estava com o braço estendido sobre a mesa, e Bob o acompanhou e viu que o braço dele tocava o braço de outra pessoa. Bob teve de se deslocar ao longo do balcão para ter um melhor ângulo de visão, em meio a um bando de bêbados, e imediatamente desejou não ter feito isso. Desejou não ter ido trabalhar. Desejou não ter se levantado da cama em nenhum dia desde o Natal. Desejou poder voltar o relógio de toda a sua vida, só para ajustá-lo ao dia anterior àquele em que foi andando pelo quarteirão e achou Rocco na frente da casa dela.

A casa de Nadia.

Era o braço de Nadia que Deeds tocava. O rosto de Nadia voltado para Eric, impenetrável.

Bob, enchendo um copo com gelo, sentiu como se estivesse enfiando os cubos dentro do próprio peito, empurrando-os no próprio estômago e contra a base da própria espinha. O que ele sabia de Nadia, afinal de contas? Ele sabia que tinha encontrado um cachorro semimorto no lixo diante da casa dela. Sabia que ela tinha um caso — ou algo parecido — com Eric Deeds e que Eric Deeds só entrou na vida dele depois que Bob a conheceu. Ele sabia que até aquela altura seu nome do meio poderia ser Mentiras de Omissão. Talvez a cicatriz em sua garganta não tivesse sido feita por sua mão, talvez se devesse ao último cara que a maltratara.

Quando tinha vinte e oito anos, Bob entrou no quarto de sua mãe para acordá-la para a missa de domingo. Ele sacudiu-lhe o corpo, mas ela não bateu em sua mão como de costume. Então ele voltou o corpo dela em sua direção e viu que seu rosto e seus olhos estavam muito contraídos, a pele estava acinzentada. A certa altura da noite, depois dos programas *The Commish* e *Eleven O'Clock News,* ela fora para a cama e acordara com o punho de Deus apertando-lhe o coração. Provavelmente não lhe sobrara ar nos pulmões para gritar. Sozinha no escuro, agarrando os lençóis, o punho fechado, o rosto contraído, os olhos contraídos, ante a consciência nascente de que, mesmo para você, e naquele exato momento, tudo acaba.

Debruçado sobre ela naquela manhã, imaginando o último palpitar de seu coração, o último desejo que sua mente fora capaz de conceber, Bob sentiu uma perda como nenhuma outra que futuramente viesse a sentir.

Até esta noite. Até agora. Até que ele entendeu o que o olhar de Nadia significava.

POR VOLTA DO TERCEIRO QUARTO DO PERÍODO, Bob aproximou-se de um grupo de sujeitos que estavam no balcão. Um deles estava de costas para ele, e na parte de trás de sua cabeça havia alguma coisa que lhe pareceu familiar. Bob ia pôr o dedo nela quando Rardy se voltou e lhe deu um largo sorriso.

Rardy disse: "Como vão as coisas aqui, meu garoto Bobby?".

"Nós, nós...", disse Bob, "... nós estávamos preocupados com você."

Rardy fez aquela sua cômica cara enfezada. "Vocês, vocês, vocês estavam? A propósito, vamos tomar sete cervejas e sete doses de Cuervo."

Bob disse: "A gente estava achando que você tinha morrido".

Rardy disse: "Por que haveria de ter morrido? Eu simplesmente não estava a fim de trabalhar num lugar em que quase me mataram. Diga a Marv que ele vai ter notícias de meu advogado".

Bob viu Eric Deeds abrindo caminho por entre a multidão em direção ao outro lado do bar, e aquilo pesou muito em Bob. Era algo implacável. Ele disse a Rardy: "Talvez eu fale a Chovka de suas queixas. Assim resolvemos as coisas de forma mais simples. O que acha? Não é uma boa ideia?".

A isso Rardy riu amargamente, tentando um ar de desprezo, mas ficando muito longe disso. Ele balançou a cabeça como a dizer que Bob não entendeu a coisa, não entendeu nada.

"Traga as cervejas e as doses de Cuervo."

Bob se inclinou sobre o balcão, ficou perto de Rardy o bastante para sentir-lhe o bafo de tequila. "Você quer um drinque? Faça sinal para um bartender que não saiba que você é um merda."

Rardy pestanejou, mas Bob já estava se afastando.

Ele passou por trás de dois funcionários temporários, se pôs no outro canto e ficou vendo Eric Deeds aproximar-se.

Quando Eric chegou perto dele, disse: "Vodca Stolichnaya com gelo, meu chapa. Chardonnay para a dama."

Bob preparou o drinque. "Não o vi hoje de manhã."

"Não? Bem..."

"Então você não quer o dinheiro."

Eric disse: "Você o trouxe?".

"Trouxe o quê?"

"Você trouxe. Você é bem o tipo."

"Que tipo?", perguntou Bob.

"O tipo que traz dinheiro consigo."

Bob passou-lhe a vodca e pôs Chardonnay num copo. "Onde ela está?"

"Ela é minha garota. Sempre e para sempre e ponto final."

Bob empurrou o copo para a frente de Eric. Ele se inclinou sobre o balcão. Eric fez o mesmo para aproximar-se dele.

Bob disse: "Você me dá essa folha de papel e vai embora com o dinheiro".

"Que folha de papel?"

"A do microchip do cachorro. Você a assina e passa a licença para mim."

"Por que eu faria isso?"

Bob disse: "Porque estou lhe pagando. Não é esse o trato?".

Eric disse: "Esse é *um* trato".

O celular de Eric tocou. Ele olhou para o aparelho, levantou o dedo para Bob, pegou os drinques e meteu-se novamente na multidão.

ACRESCENTEM PEYTON MANNING À LISTA de pessoas que foderam com Cousin Marv nesta vida. O sacana foi lá com seu braço bilionário e seu contrato bilionário e aprontou em todo o campo contra a defesa do Seahawks. Havia dois tipos de sacanagem em ação naquele momento — a que o Seattle estava fazendo com o Denver e a que o Denver estava fazendo com cada apostador naquele país que confiara neles. Marv, um dos apostadores — porque que sentido fazia continuar a abster-se dos maus hábitos se você era maluco o suficiente para roubar a máfia chechena em alguns milhões de dólares? —, ia perder cinquenta mil naquela porra de jogo. Não que ele fosse ficar por ali para pagar a dívida. E se isso emputecia Leo Coogan e seus rapazes do Upham Corner, bem, eles poderiam entrar na fila. Pegar a porra dum número.

Do telefone da cozinha, Marv telefonou para Deeds para saber quando ele planejava ir para o bar e ficou chocado e aborrecido ao ouvir que ele já estava lá havia uma hora.

"Que diabos você está fazendo?", disse ele.

"Em que outro lugar eu haveria de estar?", disse Deeds.

"Em casa. Assim ninguém vê você muito bem até o momento em que você vai roubar a porra do lugar."

"Ninguém presta atenção em mim", disse Eric. "Então, não se preocupe com isso."

"Simplesmente não entendo", disse Marv.

"Não entende o quê?"

"Muito simples — você aparece na hora combinada, faz o que tem de fazer e se manda. Por que ninguém mais consegue se ater a uma porra dum plano? Sua geração, todos vocês enchem o cu de drogas toda manhã antes de saírem de casa?"

Marv foi pegar outra cerveja na geladeira.

Deeds disse: "Não se preocupe com isso. Ele está sob controle".

"Ele quem?"

"Bob."

"Se esse cara estivesse sob controle, você estaria gritando, e você não está gritando." Marv abriu a cerveja. Ele amenizou um pouco o tom. Melhor ter um parceiro calmo que um que pense que você está puto com ele. "Ouça, sei o que ele parece, mas não engano você, não foda com esse cara. Deixe-o em paz e não chame atenção para você."

"Oh", disse Eric. "Então o que devo fazer nas próximas duas horas?"

"Você está num bar. Não beba demais, fique frio, e eu vou me encontrar com você às duas na viela. O que você acha?"

O riso de Eric soou forçado e ao mesmo tempo feminil, como se ele estivesse rindo de uma piada que ninguém pudesse ouvir e que ninguém mais fosse entender se ouvisse.

"Parece uma boa ideia", disse ele, e desligou.

Marv olhou para seu telefone. A moçada de hoje. Era como se naquele dia na escola em que a lição era sobre responsabilidade pessoal, todos eles tivessem matado a aula alegando doença.

QUANDO O JOGO ACABOU, a multidão diminuiu bastante, embora os que permaneceram estivessem mais barulhentos, mais bêbados, e sujando mais o banheiro.

Depois de algum tempo, até esses começaram a ir embora. Rardy passou pela mesa de bilhar, e seus amigos o puxaram de lá, um deles lançando olhares de desculpas a Bob o tempo todo.

De vez em quando Bob olhava para Eric e para Nadia, ainda sentados à mesma mesa do bar, conversando. Toda vez que o fazia, Bob se sentia mais diminuído. Se tivesse olhado para lá muitas vezes, teria desmaiado.

Depois de quatro vodcas, Eric finalmente foi ao banheiro, e Nadia aproximou-se do balcão.

Bob debruçou-se sobre o balcão. "Você está com ele?"

Nadia disse: "*O quê?*".

Bob disse: "Está? Só quero que você me diga".

Nadia: "Pelo amor de Deus, o quê? Não. Não, não estou com ele. Não, não, não. Bob, cheguei em casa esta tarde, e ele estava esperando por mim na cozinha com uma arma na cintura como se tratasse de *Silverado*. Disse que eu tinha de vir com ele para encontrar você".

Bob queria acreditar nela. Queria tanto acreditar nela que seus dentes poderiam começar a bater, saltar da boca, espalhar-se por todo o bar. Finalmente, ele olhou bem nos olhos dela e viu algo que não conseguia distinguir por completo — mas com certeza não era excitação, presunção ou o sorriso amargo de um vencedor. Talvez algo pior do que tudo isso... desespero.

Bob disse: "Acho que posso fazer isso sozinho".

"Fazer o quê?", disse Nadia.

Bob disse: "É difícil demais, sabe? Fiquei martelando... essa frase durante dez anos — a cada puto dia — porque eu achava que, de alguma maneira, iria me justificar quando eu chegasse do outro lado, entende? Que eu iria ver minha mãe e meu pai, ou coisa assim? Porém, acho que não vou ser perdoado. Nem acho que devia ser. Mas, mas quer dizer que estou condenado a ficar sozinho do outro lado *e* deste também?".

"Ninguém está condenado a ser sozinho. Bob", disse ela pondo a mão na dele. "Ninguém."

Eric saiu do banheiro e abriu caminho até o balcão. Ele apontou um polegar para Nadia. "Seja legal e tire nossos drinques da mesa, tá bom?"

Bob se afastou para fechar a conta de um freguês.

À UMA E QUARENTA E CINCO, A MULTIDÃO SE FORA. Apenas Eric, Nadia e Millie, que iria para sua casa de repouso em Edison Green à uma e cinquenta em ponto. Millie pediu seu cinzeiro, Bob fê-lo deslizar até ela, e ela ficou curtindo seu drinque e seu cigarro na mesma medida, a cinza curvando-se na ponta do cigarro como uma garra.

Eric deu um largo sorriso a Bob enquanto falava suavemente: "Quando essa velhota entrou aqui?".

"Há poucos minutos", disse Bob. "Por que você a trouxe?"

Eric olhou para Nadia encurvada no banco ao lado dele. Ele se debruçou sobre o balcão. "Você devia saber o quanto sou sério, Bob."

"Eu sei o quanto você é sério."

"Você *acha* que sabe, mas não sabe. Se você foder comigo — ainda que só um pouco — não importa quanto tempo vou levar, eu vou foder com ela. E se você tiver algum plano do tipo 'Eric não vai sair daqui', se você tiver pensando qualquer coisa do tipo, Bob, meu parceiro no caso Richie Whelan vai cuidar de vocês dois."

Eric tornou a se sentar enquanto Millie deixava a mesma gorjeta que deixava desde o Sputnik — vinte e cinco centavos — e levantou-se do banco. Ela dirigiu-se a Bob com uma voz que era dez por cento de cordas vocais e noventa por cento cigarros Virginia Slim Ultra Light 100s. "Pois é, vou nessa."

"Cuidado, Millie."

Ela fez um aceno de despedida com um "Sim, sim, sim", e abriu a porta.

Bob a fechou atrás dela, voltou para detrás do balcão e começou a limpá-lo. Quando chegou perto dos cotovelos de Eric, disse: "Licença".

"Limpe em volta."

Bob passou o pano num semicírculo em volta dos cotovelos de Eric.

"Quem é seu parceiro?", disse Bob.

"Não seria um risco se você soubesse quem foi, será que seria, Bob?"

"Mas ele ajudou você a matar Richie Whelan?"

Eric disse: "É o boato que corre, Bob".

"Mais que um boato." Bob limpou a parte do balcão na frente de Nadia, viu manchas vermelhas em seus pulsos, no lugar em que Eric os tinha apertado. Ele se perguntou se havia outras marcas que ele não conseguia ver.

"Bem, então é mais que um boato, Bob. E lá vem você."

"Como assim?"

"Lá vem você", disse Eric asperamente. "Que horas são, Bob?"

Bob agachou-se atrás do balcão e lá pegou os dez mil dólares envolvidos no saco. Ele o desembrulhou, tirou o dinheiro e pôs no balcão na frente de Eric.

Eric olhou para o dinheiro. "O que é isso?"

"Os dez mil que você queria."

"Por conta de quê?"

"Do cachorro."

"O cachorro. Certo, certo, certo", sussurrou Eric. Ele levantou a vista. "Mas quanto para Nadia?"

Bob disse: "Bom, é assim".

"É o que parece", disse Eric. "Vamos só ficar mais alguns minutos, depois dar uma olhada no cofre às duas."

Bob se voltou e pegou uma garrafa de vodca polonesa. Na verdade, pegou a melhor, a Orkisz, serviu um drinque para si e tomou. Pensou em Marv e se serviu novamente da vodca. Dessa vez uma dose dupla.

Ele disse a Eric Deeds: "Você sabe que Marv tinha um problema de dependência química dez anos atrás?".

"Eu não sabia disso, Bob."

"Você não precisa ficar me chamando pelo nome o tempo todo."

"Vou ver o que posso fazer para resolver isso, Bob."

"Bem, de todo modo Marv gostava demais de coca, e ela o pegou."

"Estamos perto das duas, Bob."

"Naquela época, ele era mais um agiota. Quer dizer, também fazia um pouco de receptação, mas era principalmente agiota. Tinha um cara, sabe? Ele devia a Marv um monte de dinheiro. E quando se tratava de cachorros e basquete, a coisa ficava desesperadora. Tipo de cara que não conseguia pagar tudo o que devia."

"Uma e cinquenta e sete, Bob."

"Mas sabe o que aconteceu? Esse cara descolou uma grana num jogo em Mohegan. Ganhou sete mil dólares. O que era só um pouco mais do que ele devia a Marv."

"E ele não pagou a Marv, então você e Marv pegaram pesado e aí acho que você vai me contar..."

"Não, não. Ele *pagou* a Marv. Pagou até o último centavo. O que o cara não sabia, porém, era que Marv andava adulterando drogas. Por causa do vício da coca, sabe? E o dinheiro daquele cara foi como maná do céu enquanto ninguém sabia que vinha do tal cara. Entende o que quero dizer?"

"Bob, falta só uma porra dum minuto para as duas." Havia suor no lábio de Eric.

"Entende o que estou dizendo?", perguntou Bob. "Você entende a história?"

Eric olhou para a porta para se certificar se estava trancada. "Claro. Esse cara tinha de ser descartado."

"Ele tinha de ser morto."

Um rápido olhar pelo canto do olho. "Certo, morto."

"Assim, ele não podia dizer que pagara a Marv e ninguém mais também podia. Marv usa o dinheiro para tapar tudo quanto é buraco, disfarça seu ato, é como se nunca tivesse acontecido. Então foi isso que fizemos."

"Vocês fizeram..." Eric mal se ligava na conversa, mas em sua cabeça começou a soar uma advertência. Ele desviou os olhos do relógio e voltou-se para Bob.

"Ele foi morto em meu porão", disse Bob. "Sabe qual era o nome dele?"

"Eu não saberia, Bob."

"Claro que sim."

"Jesus?", disse Eric sorrindo.

Bob não sorriu. "Richie Whelan."

Bob pôs a mão embaixo do balcão e pegou a 9 milímetros. Ele não notou que a trava de segurança estava acionada, por isso, quando puxou o gatilho, nada aconteceu. Eric desviou a cabeça e tentou se afastar do balcão, mas Bob destravou a arma e atirou logo abaixo da garganta de Eric. O tiro soou como uma placa de alumínio sendo arrancada da parede externa de uma casa. Nadia gritou. Não um grito longo, mas agudo por causa do choque. Eric fez um barulho ao cair do banco, e quando Bob deu a volta em torno do balcão, achou que Eric já estava quase morrendo, se é que já não estava morto. O ventilador do teto lançava sombras sobre o rosto dele. Suas faces enchiam-se e esvaziavam-se como se ele estivesse querendo recuperar o fôlego e ao mesmo tempo beijar alguém.

"Sinto muito, mas vocês, crianças", disse Bob. "Sabe? Você sai de casa vestido como se ainda estivesse em sua sala de estar. Você diz coisas terríveis sobre as mulheres. Você maltrata cães inofensivos. Estou cansado de você, cara."

Eric olhou para ele. Estremeceu como se estivesse furioso.

Ele parecia irritadíssimo. Frustrado. O olhar paralisou-se em seu rosto como se tivesse sido costurado nele, e então ele já não estava em seu corpo. Simplesmente se fora. Estava simplesmente morto.

Bob o arrastou para dentro do refrigerador.

Quando ele voltou, empurrando o pano de chão e o balde à sua frente, Nadia ainda estava sentada no banco. Sua boca estava um pouco mais distendida do que o normal, e ela não conseguia tirar os olhos do chão onde estava o sangue. Afora isso, parecia perfeitamente normal.

"Ele iria voltar sempre", disse Bob. "Quando alguém toma alguma coisa de você, e você permite, não fica grato, simplesmente acha que você lhe deve algo mais." Ele umedeceu o pano no balde, torceu-o um pouco e jogou-o sobre a poça de sangue maior. "Não faz sentido, certo? Mas é assim que eles sentem. Cheios dos direitos. E depois disso você nunca mais vai conseguir fazê-los mudar de ideia."

Ela disse: "Ele... Você simplesmente o matou com a porra de um tiro. Você... Quer dizer... você entende?".

Bob esfregou o pano sobre a poça de sangue. "Ele espancou meu cachorro."

16. Último telefonema

MARV SUBIU NA CALÇADA COM O CARRO, estacionou-o sob um poste com a lâmpada quebrada, onde ninguém o veria, e ficou olhando a moça sair do bar sozinha e seguir pela rua na outra direção.

Aquilo não fazia porra de sentido nenhum. Àquela altura Deeds devia estar lá fora. Devia ter saído dez minutos atrás. Ele viu o movimento pela janela à luz de neon, e a luz se apagou. Um minuto antes que ela se apagasse, porém, ele viu a parte de cima da cabeça de alguém.

Bob. Só Bob era alto o bastante para a cabeça chegar à altura daquela janela. Eric Deeds teria de tomar impulso e saltar para conseguir aquilo. Mas Bob, Bob era encorpado. Encorpado, alto e muito, muito mais esperto do que deixava transparecer na maior parte do tempo, e, porra, era exatamente o tipo do cara certinho capaz de meter o bedelho nas coisas e pôr tudo a perder.

Foi isso que você fez, Bob? Você me fodeu? Você pôs areia no meu jogo?

Marv olhou o saco ao seu lado, as passagens de avião apontando do bolso como um dedo médio.

Ele concluiu que o melhor a fazer era ir para a viela, entrar furtivamente por trás do bar e ver o que havia. Na verdade, ele sabia o que tinha acontecido: Eric não tinha conseguido fechar o negócio. Num momento de desespero, Marv chegara a ligar pelo celular dez minutos antes, mas ninguém respondeu.

Claro que não haveria resposta. Ele está morto.

Ele não está morto, considerou Marv. Essa época já passou.

Para você talvez tenha passado. Bob, por outro lado...

Foda-se. Marv ia dar a volta por trás do bar e ver que diabos estava acontecendo. Ele ligou o motor e já começava a acelerar quando o Suburban preto de Chovka passou por ele, com a van branca em sua cola. Marv desligou o motor e deslizou para trás de seu banco. Olhou por cima do para-lama no momento em que Chovka, Anwar e mais alguns caras saíam dos veículos. Todos, menos Chovka, carregavam malas de rodinhas. Mesmo àquela distância, Marv seria capaz de jurar que elas estavam vazias: os caras as balançavam enquanto se dirigiam à porta da frente. Anwar bateu na porta, e eles ficaram esperando, o hálito saindo branco de suas bocas. Então a porta se abriu e eles abriram passagem para Chovka entrar primeiro. Eles entrariam em seguida.

Porra, pensou Marv. Porra, porra, porra.

Ele olhou para as passagens de avião — não ia lhe adiantar nada chegar em Bangcoc no dia seguinte sem um centavo. O plano fora partir com dinheiro bastante para conseguir, por meio de suborno, atravessar a fronteira para o Camboja, seguir para o sul até Kampuchea, onde ele imaginava que ninguém o iria procurar. Ele não sabia exatamente por que ninguém iria procurá-lo lá. O último lugar seria, tipo... Finlândia ou Manchúria, algum lugar friíssimo, e talvez essa fosse a melhor opção, a jogada mais esperta, mas Marv já suportara tantos invernos na Nova Inglaterra que tinha certeza de que sua narina direita e seu testículo esquerdo estavam permanentemente inutilizados pelo frio excessivo; portanto, ao diabo com a ideia de ir para algum lugar frio.

Ele olhou para o bar. Se Eric estivesse morto — e essa porra parecia muito provável àquela altura —, então Bob tinha acabado de salvar a organização Umarov e também milhões de dólares para cada sindicato da cidade. Milhões. Ele fora um puta dum herói desgraçado. Talvez eles lhe dessem uma pensão vitalícia. Chovka sempre gostara de Bob porque Bob estava sempre lhe puxando o saco. Talvez ele lhe desse até cinco por cento. Isso poderia permitir que Marv fosse para o Camboja.

Sendo assim, tudo bem: mudança de plano. Vamos esperar que os chechenos saiam, depois ter uma conversa com Bob.

Agora que tinha um plano, ergueu o corpo um pouco mais no banco. Se bem que lhe ocorreu que provavelmente devia ter aprendido tailandês. Ou pelo menos comprado um livro sobre o assunto.

De todo modo, eles teriam um no aeroporto.

CHOVKA SENTOU-SE AO balcão e examinou os últimos telefonemas no celular de Eric Deeds. Bob ficou atrás do balcão.

Chovka virou o telefone para Bob para que ele pudesse ver o número de uma chamada perdida recente.

"Você conhece esse número?"

Bob fez que sim.

Chovka soltou um suspiro. "Eu também conheço esse número."

Anwar voltou do refrigerador, puxando uma malinha de rodas atrás de si.

Chovka disse: "Ele coube na mala?".

Anwar respondeu: "Quebramos as pernas dele. Coube direitinho".

Anwar deixou a mala cheia de Eric na porta da frente e esperou.

Chovka guardou o celular de Eric e pegou o seu.

Os outros chechenos vieram dos fundos.

George disse: "Vamos pôr o dinheiro em barris, chefe. Dakka disse que dentro de uns vinte minutos estará aqui com o caminhão de cerveja".

Chovka assentiu. Ele se concentrava em seu telefone, escrevendo mensagens como uma mocinha de dezesseis anos na hora do lanche na escola. Quando terminou de digitar, afastou o telefone e olhou para Bob por um bom tempo. Se Bob tivesse um palpite, diria que o silêncio se estendeu por três minutos, talvez quatro. Mas ele teve a impressão de que durou três dias. Absolutamente ninguém se mexia no bar, não se ouvia um som, exceto o da respiração dos seis homens. Chovka olhou dentro dos olhos de Bob, depois para além dos olhos e através de seu sangue. Seguiu esse sangue até os pulmões, o cérebro, revolveu os pensamentos de Bob e então suas lembranças, como se passeasse pelos quartos de uma casa que talvez já estivesse condenada.

Chovka enfiou a mão no bolso, colocou um envelope no balcão e arqueou as sobrancelhas para Bob.

Bob abriu o envelope. Dentro havia ingressos para o Celtic.

Chovka disse: "Não são cadeiras no nível do chão, mas são muito boas. Essas cadeiras são minhas".

O coração de Bob voltou a bater. Seus pulmões se encheram de oxigênio. "Oh. Uau. Muito obrigado."

Chovka disse: "Vou lhe passar mais alguns ingressos na próxima semana. Não assisto a todos os jogos. Os jogos são muitos, sabe? Não posso assistir a todos".

"Claro", disse Bob.

Chovka leu uma mensagem em seu celular e começou a digitar a resposta. "Procure ir ao estádio uma hora antes do jogo, para conseguir chegar lá. Por causa do trânsito."

Bob disse: "O trânsito pode ficar muito ruim".

"Eu digo isso a Anwar, ele diz que não é ruim."

Anwar disse: "Não é como em Londres".

Chovka continuava digitando. "O que é como Londres? Depois me diga o que achou, Bob. Ele simplesmente entrou aqui?" Ele pôs o telefone no bolso e olhou para Bob.

Bob pestanejou. "Sim. Entrou pela porta da frente depois que a abri para Millie sair."

Chovka disse: "Pôs a arma em sua cara, mas você disse: 'Hoje não', não foi?".

Bob disse: "Eu não falei nada".

Chovka imitou o gesto de puxar um gatilho. "Claro que disse. Você disse *pop*." Chovka meteu a mão no bolso novamente e tirou outro envelope. Empapuçado de dinheiro, o envelope se abriu quando ele o jogou em cima do balcão. "Meu pai quer que você fique com isso. Sabe a última vez que meu pai deu dinheiro a alguém? Uhh. Agora você é um Umarov honorário, Bob."

Bob não conseguiu dizer mais que "obrigado".

Chovka deu um tapinha no rosto de Bob. "Logo Dakka estará aqui. Boa noite."

"Boa noite", respondeu Bob. "Obrigado. Boa noite."

George abriu a porta, e Chovka saiu, acendendo um cigarro. Anwar o seguiu, puxando atrás de si a mala com Eric. As rodas bateram na soleira, depois na calçada coberta de gelo.

QUE DIABOS ERA AQUILO AGORA? Marv viu os chechenos saírem do bar com uma mala de rodinhas que precisou de dois caras para levantá-la e colocá-la na traseira da van. Ele pensara que eles tinham mais de uma mala. Ali estava todo o dinheiro?

Ele abaixou o vidro da janela do carro e jogou seu cigarro na crosta de neve junto do hidrante. O cigarro rolou do montículo duro para o meio-fio e chiou quando caiu numa poça que havia lá.

Outra coisa de que ele precisava quando fosse para a Tailândia: parar de fumar. Aquilo já bastava. Ele ia levantar o vidro da janela e viu um cara na calçada a uns oito centímetros de distância.

O mesmo cara que lhe pedira informações sobre como chegar a determinado lugar algumas semanas antes.

"Ah, merda", disse Marv baixinho quando o cara lhe meteu uma bala na cara.

"Agora vão em paz para amar e servir ao Senhor."

O padre Regan fez o sinal da cruz, e foi tudo. A última missa. Todos olharam em volta uns para os outros, os poucos obstinados, os penitentes e os indefectíveis da missa das sete — Bob e Torres, a viúva Malone, Theresa Coe, o velho Williams e também várias pessoas que estiveram ausentes por algum tempo e apareceram para aquela última celebração. Bob percebia o mesmo torpor no rosto de todos — eles sabiam que aquilo ia acontecer; não obstante, de certa forma, não sabiam.

O padre Regan disse: "Se alguém quiser comprar um dos bancos da igreja antes que sejam postos à venda em consignação, por favor, procurem Bridie na reitoria, que ficará aberta por mais três semanas. Deus abençoe a todos".

Por um minuto, ninguém se mexeu. E então a viúva Malone levantou-se do banco e saiu atabalhoadamente para a nave lateral, seguida, depois, por Torres, atrás do qual foram alguns dos convidados de honra. Bob e o velho Williams foram os dois últimos a sair. Na pia de água benta, Bob se benzeu naquele recinto pela última vez, e seu olhar cruzou com o do velho Williams. O velho sorriu e balançou a cabeça várias vezes, mas não disse nada, e os dois saíram juntos.

Na calçada, ele e Torres ficaram olhando para trás, contemplando a igreja.

"Quando você retirou sua árvore este ano?", perguntou Bob.

Torres disse: "No dia seguinte ao Dia de Reis. E você?".

"Também", respondeu Bob.

Eles acenaram com a cabeça um para o outro e voltaram a olhar para a igreja.

"Exatamente como eu previ", disse Torres.

"Como assim?"

"Eles a venderam para a construtora Milligan. Aqui serão construídos condomínios, Bob. Leigos aboletados atrás daquela bela janela, bebericando diabos de Starbucks e falando na confiança que têm em seu professor de pilates." Ele deu um sorrisinho pesaroso a Bob e deu de ombros. Um minuto depois, disse: "Você gosta de seu pai?".

Bob olhou para ele o bastante para constatar que ele estava falando muito sério. "Muitíssimo."

Torres disse: "Vocês eram amigos?".

Bob disse: "Sim".

"Eu também. Não é toda hora que a gente ouve isso." Ele olhou novamente para trás. "Era uma bela igreja. Sinto muito por Cousin Marv."

"O roubo do carro deu nisso, disseram."

Torres arregalou os olhos. "Foi uma execução. A um quarteirão e meio de seu bar."

Bob olhou para a rua por um instante e não disse nada.

Torres disse: "Eric Deeds. Certa vez falei a você sobre ele".

"Eu me lembro."

"Na ocasião você não se lembrava dele."

"Eu me lembro de que você falou sobre ele."

Torres disse: "Ah, ele estava no domingo em que as pessoas assistiram ao jogo no bar. Você o viu?".

Bob disse: "Você sabe quantas pessoas estavam no bar naquele domingo?".

Torres disse: "Foi o último lugar em que foi visto. E daí? Ora. Igualzinho o caso de Richie Whelan. Irônico, pois supõe-se que Deeds matou Whelan. Corpos sendo perfurados ou desaparecendo naquele lugar, e você não vê nada".

Bob disse: "Ele pode reaparecer".

Torres disse: "Se reaparecer, provavelmente estará numa prisão psiquiátrica. Que era onde ele estava na noite em que Whelan desapareceu".

Bob lançou-lhe um olhar rápido.

Torres balançou a cabeça várias vezes. "É verdade. Seu sócio me contou que Deeds sempre assumia o assassinato de Whelan porque ninguém mais queria fazer isso, e ele achava que agir assim lhe daria mais moral na rua. Mas ele não matou Whelan."

Bob disse: "Será que vão lamentar a morte dele?".

Torres não podia acreditar naquele cara. Ele sorriu. "Será que o quê?"

"Que vão lamentar a morte dele", respondeu Bob.

Torres disse: "Não, talvez a de Whelan também não".

Bob disse: "Isso não é verdade. Eu conhecia Glory Days. Ele não era um cara mau. De jeito nenhum".

Por algum tempo, nenhum dos dois disse nada. Então Torres se inclinou para a frente. "Ninguém vê você vindo, não é?"

Bob exibiu no rosto uma expressão transparente e aberta como o lago Walden. Estendeu a mão, e Torres a apertou. "Cuide-se, detetive."

"Você também."

Bob deixou-o ali, olhando para um edifício, sem esperança de mudar nada do que se passava por lá.

NADIA O PROCUROU NO BAR alguns dias depois. Quando chegou a hora de voltar para casa, eles foram para a dela, não para a dele.

"Eu acho", disse Nadia quando eles estavam dentro de casa, "que há um propósito. E mesmo que você me mate logo que eu feche os olhos..."

"Eu? O quê? Não", disse Bob. "Oh, não."

"... então, tudo bem. Porque não posso continuar com isso sozinha. Nem um dia a mais."

"Eu também", disse ele, de olhos bem fechados. "Eu também."

Eles ficaram calados por um bom tempo. E então:

"Ele precisa passear."

"Quem?"

"Rocco. Faz tempo que ele não sai."

Ele abriu os olhos e fitou o teto do quarto dela.

Ela tinha colado decalques de estrelas quando era criança, e eles continuavam lá.

"Vou pegar a trela."

NO PARQUE, O CÉU de fevereiro pairava logo acima deles. O gelo tinha quebrado no rio, mas pequenos pedaços dele estavam grudados nas margens escuras.

Ele não sabia em que acreditava. Rocco andava na frente deles, puxando um pouco a trela, tão orgulhoso, tão satisfeito que não parecia a trêmula bola de pelos que Bob retirara do lixo fazia apenas dois meses.

Dois meses! Uau. Com certeza as coisas podiam mudar bem depressa. Você se revirou na cama certa manhã, e lá estava um mundo totalmente novo. O mundo se voltou para o sol, espreguiçou-se e bocejou. Ele se voltou para a noite. Mais algumas horas ele se voltaria para o sol novamente. Um novo mundo, a cada dia.

Quando eles chegaram no meio do parque, Bob tirou a trela de Rocco e meteu a mão no casaco para pegar uma bola de tênis. Rocco levantou a cabeça, bufou alto e escarvou a terra. Bob jogou a bola, e Rocco partiu atrás dela. Bob imaginou que a bola podia se desviar e cair na estrada. O rangido de pneus, o choque de metal contra o cão. Ou então o que podia acontecer se Rocco, de repente solto, desandasse a correr?

Mas o que se poderia fazer?

A gente não pode ter controle sobre tudo.

ESTA OBRA FOI COMPOSTA PELA SPRESS
EM GUARDIAN E IMPRESSA
PELA GEOGRÁFICA EM OFSETE SOBRE
PAPEL ALTA ALVURA DA SUZANO PAPEL
E CELULOSE PARA A EDITORA SCHWARCZ
EM JULHO DE 2015